SATÍRICON

Petrônio

SATÍRICON

Tradução de Alessandro Zir

www.lpm.com.br

L&PM POCKET

Coleção **L&PM** POCKET, vol. 1209

Texto de acordo com a nova ortografia.
Título original: *Satyricon*
(Texto latino estabelecido por Alfred Ernout, 1923 [Les Belles Lettres, 2006])

Primeira edição na Coleção **L&PM** POCKET: abril de 2016

Tradução: Alessandro Zir
Capa: Ivan Pinheiro Machado. *Ilustração*: pintura "La jeunesse de Bacchus (1884)", de William Bouguereau.
Preparação: Jó Saldanha
Revisão: Marianne Scholze

CIP-Brasil. Catalogação na publicação
Sindicato Nacional dos Editores de Livros, RJ.

P593s

Petrônio, 27-66
Satíricon / Petrônio; tradução Alessandro Zir. – 1. ed. – Porto Alegre, RS: L&PM , 2016.
224 p. ; 18 cm. (Coleção L&PM POCKET, v.1209)

Tradução de: *Satyricon*
ISBN 978-85-254-3321-3

1. Literatura latina. I. Zir, Alessandro. II. Título. III. Série.

16-31303 CDD: 877
CDU: 821.124

Rua Comendador Coruja, 314, loja 9 – Floresta – 90220-180
Porto Alegre – RS – Brasil / Fone: 51.3225.5777 – Fax: 51.3221.5380

Pedidos & Depto. Comercial: vendas@lpm.com.br
Fale conosco: info@lpm.com.br
www.lpm.com.br

Impresso no Brasil
Outono de 2016

Apresentação

Satíricon: sátira de quem?

*João Angelo Oliva Neto**

As informações sobre a vida de Petrônio Árbitro são incertas, como costuma acontecer com grande parte dos escritores da Antiguidade, mas acredita-se que tenha vivido no tempo de Nero, imperador de Roma entre 54 e 68. Nero, segundo alguns historiadores latinos, foi regente tirânico, extravagante e esbanjador. Um desses historiadores, chamado Suetônio, afirma que Nero se pôs a tocar lira enquanto Roma ardia em chamas, e assim seu nome ficou para sempre ligado ao "incêndio de Roma", chegando a correr o rumor de que ele o havia provocado. O fato é que, ao contrário do que se imagina com frequência, a maior parte das casas, sobretudo nas camadas populares, era de madeira, umas coladas às outras, mas não desprovidas de fogão para a cozinha e algum tipo de lareira para aquecimento: incêndios eram inevitáveis. O que historiadores atuais pensam sobre Nero

* Professor de Letras Clássicas na USP. Tradutor dos poemas gregos e latinos de *Falo no jardim* (Ateliê Editorial, 2006) e *O livro de Catulo* (Edusp, 1996; Prêmio APCA de melhor tradução).

não coincide com o que os antigos escreveram. Hoje percebe-se que era empreendedor e não precisaria ter mandado atear fogo em Roma para promover um programa de reconstrução e embelezamento da cidade, substituindo madeira por pedra, como de fato ocorreu: mandou erguer teatros, fez construir o palácio conhecido como *Domus Aurea* ("Casa de Ouro"), que ainda está de pé, e ordenou a drenagem de pântanos perto de Roma, entre outras grandes obras. Tudo isso agradava ao povo, mas custou caro aos cofres públicos, provocando oposição das elites romanas, que não perdoaram tampouco o hábito que o imperador tinha de se apresentar como ator e cantor: consideravam vergonhoso. Petrônio Árbitro e o *Satíricon* inserem-se nesse contexto de crítica de parte da elite romana contra Nero e seus apoiadores.

Satíricon é daqueles livros agradáveis de ler. Por mais que faça referência a outros textos, ninguém é impedido de simplesmente lê-lo e se divertir. Diferente da maioria das narrativas ficcionais da Antiguidade greco-romana (*Ilíada*, *Odisseia*, *Eneida* e outras), o livro foi composto em prosa. Saiba o leitor que o texto é lacunar: perderam-se na transmissão dos manuscritos várias passagens anteriores ao ponto em que, no atual estado, a narrativa começa. E a narrativa se inicia na região de Nápoles, numa escola de retórica onde o jovem Encólpio, principal personagem e também narrador, como exercício de aula, faz um discurso ao professor, chamado Agamênon. (Na Antiguidade, as escolas de retórica eram frequentadas por jovens que desejavam aprender a falar bem para seguir carreira política). Encólpio, que tem certa cultura, está acompanhado de seu amante, o adolescente Gitão, e de um amigo, Ascilto. Agamênon, o professor e também dono da escola, era bem relacionado na cidade e, acreditando-se bom poeta, metia-se a declamar seus versos. Assim o faz, e Encólpio, para agradar ao mestre, ouve-o recitar. A narrativa aqui está fragmentada, mas percebe-se que Encólpio, por intermédio do professor, queria apenas ser convidado a um banquete na casa de um novo rico, chamado Trimalquião, outrora um escravo. Já se começa a ver que tipo de gente habita o *Satíricon*, pois Encólpio, além de adulador, é golpista, às vezes violento e até covarde. Ascilto é um ex-gladiador ignorante que na verdade pretende roubar do companheiro os amores de Gitão, afeminado e volúvel. Completa o grupo certo Eumolpo, poeta, homem velho, libidinoso e, como os outros, pobre. Em suma, um bando de golpistas vagabundos, pés-rapados e promíscuos. Encólpio é tão bom adulador que consegue que não só ele, mas também os companheiros participem do "Banquete de Trimalquião", que é a maior e mais conhecida passagem do *Satíricon*. Após o banquete, desentendem-se, separam-se, reencontram-se e viajam para a cidade de Crotona, ainda no sul da Itália, onde aplicam golpes. O desfecho cabe ao leitor descobrir.

Que o livro de Petrônio tenha conteúdo satírico é evidente pelo título, que lembra a palavra latina "sátira", mas o original *satýricon*, com *y*, tem real parentesco com o termo grego *sátyros*, "sátiro", aquela figura mitológica licenciosa e híbrida, meio homem, meio bode – o que também nos diz muito não apenas sobre o assunto do livro, que é obsceno, mas também sobre a forma da escrita, que é mista. Com toda probabilidade, Petrônio com a palavra *satýricon* quis dar a entender que compôs uma sátira, ou seja, que está a fazer uma crítica, e a sátira é obscena e mesclada, como sugere a figura do sátiro. De fato, a sátira mais comum em Roma era escrita só em versos, desprovida de narração de uma história ou de obscenidade. Assim, bem diferente deste tipo, no *Satíricon* a satirização se faz por meio de uma narrativa ficcional em prosa, entremeada de passagens em verso, em que se mesclam ademais o sério e o cômico, elevação e vulgaridade e até as línguas grega e latina: porém, o elemento mais característico é a paródia. O *Satíricon* é uma grande mistura e uma grande paródia.

A paródia é aquele procedimento segundo o qual uma obra imita, acolhe, mas distorce os elementos de outra obra para produzir humor e às vezes também criticar o que nela é valorizado. Não é difícil concluir que a paródia incide não só num ou noutro *tema* (digamos, falsa verdade, corrupção, crueldade, mau gosto, esbanjamento etc.), mas também em outro *texto*: a paródia, qualquer que seja a linguagem (literatura, música, cinema, teatro), é um texto que de certa forma "dialoga" com outro texto e o inclui em si mesmo. Pois bem, o *Satíricon* é paródia de quê? O *Satíricon* parodia (podemos dizer "devora") outros textos da literatura antiga, como poesia, história, filosofia, cartas, discursos. Vejamos um exemplo: em certo momento (cap. LXXXIX, p. 131), em meio à narrativa em prosa, Eumolpo, o poeta, vê uma pintura que retrata uma cena da guerra de Troia. Na lenda, como se sabe, os troianos ficam embriagados e festejam o fim da guerra, pois pensam que os gregos partiram, deixando-lhes o enorme cavalo de madeira como se fosse um reconhecimento de sua bravura. A pintura retrata o momento em que os gregos, saídos do cavalo, já no interior das muralhas de Troia, abrem os portões para que os companheiros do lado de fora invadam e enfim conquistem a cidade depois de dez anos de guerra. Ao avistar a pintura, Eumolpo, que, como vimos, é poeta, decide contar em versos a cena:

> Já a plena Febo propalara seu brilho alvo,
> atraindo com face radiante os astros menores,
> quando – entre os Priâmides [troianos] na noite e no vinho
> sepultos – os gregos soltam a trava, derramam homens.
> Com armas brandem-se os generais, assim como,
> livre do nó do jugo, costuma sacudir, diante da corrida,
> cabeça e soberbas crinas o cavalo da Tessália.
> Retomam os gládios, impelem com a mão os escudos,
> ganham a guerra. Aqui, degola os que jazem de vinho
> entorpecidos, e dá continuidade, na morte extrema,
> ao sono; ali acende outro dos altares as tochas,
> e contra Troia invoca os deuses troianos.

Nesta pequena passagem, o *Satíricon* parodia a *Ilíada*, de Homero: dialoga com ela e, como já disse, devora-a, incluindo-a no seu próprio texto. Mas o livro de Petrônio é antes de tudo paródia dos chamados "romances" antigos, dos quais o mais famoso é *Dáfnis e Cloé*, de Longo. Poucos chegaram até nós, mas em todos recorrem certos elementos, alguns dos quais reconhecíveis também nos romances modernos, principalmente os do Romantismo: dois jovens castos se apaixonam intensamente e desejam casar-se; porém, um obstáculo os separa. Os jovens, separados, passam por uma série de dificuldades: ataques de piratas, sequestros, viagens, enganos, traições, disfarces, atentado à castidade, reencontros, novos desencontros. Tudo isso acontece num amplo espaço geográfico, abrangendo vários países, cujas paisagens e costumes exóticos recebem detalhadas descrições. Paralelamente, incluem-se reflexões sobre temas religiosos, filosóficos e políticos. Enfim, depois de muitas aventuras, os jovens se reencontram, se casam e todos ficam felizes. O leitor verá que tudo isso é parodiado no *Satíricon*, mas talvez seja mais fácil perceber como o livro de Petrônio parodia o romance se soubermos que uma das origens possíveis do romance antigo é o mito de Ísis e Osíris, que os gregos conheceram quando dominaram o Egito. No mito, há a união fundamental do marido e da mulher (que religiosamente representam os principíos masculino e feminino do universo); em seguida, um acontecimento separa o casal, e começa a busca incansável da mulher pelo marido até encontrá-lo. Os romances seriam, assim, uma maneira *diferente*, mas talvez mais interessante, de contar a *mesma* história religiosa de Ísis e Osíris. A finalidade que tinham era, portanto, elevada, nobre.

Mas, no *Satíricon*, quem são as personagens principais? Um golpista bissexual, um adolescente homossexual, um ex-gladiador e um velho libidinoso.

Todos eles vagam pelo sul da Itália, mas é bem provável que nas passagens perdidas houvesse outras viagens para lugares mais distantes. Enquanto nos romances há castidade, enquanto ali o encontro amoroso só ocorrerá depois do casamento e será heterossexual, no *Satíricon* habitam ainda ladrões, velhas e velhos libidinosos, estudantes vagabundos, prostitutas, cafetões, gente rica, mas vulgar, e aproveitadores de todo tipo: as personagens são promíscuas e as relações ocorrem já entre pessoas do mesmo sexo. Se no romance era obrigatória a presença de personagens castos e o desejo de se casar para que a estratégia de recontar a história religiosa de Ísis e Osíris pudesse ocorrer, na paródia que o *Satíricon* é, o triângulo homoafetivo, nada tendo a ver com casamento, subverte desde o início a finalidade dos romances e sua suposta nobreza. A reunião dos castos jovens que hão de consumar o amor apenas sob a égide do casamento é substituída já não só pelos amores de Encólpio e Gitão, mas, também, por exemplo, pelo encontro sexual de Encópio e uma prostituta, Circe – no entanto, bem na hora decisiva ele falha, acometido de impotência! Seria coincidência, se não fosse intencional, e seria um tanto trágico se não fosse engraçado, como se observa na repreeensão que Encólpio dá no próprio membro:

> "O que é que você tem a dizer, vergonha de todos os homens e de todos os deuses? Pelas leis divinas, nem mesmo é lícito denunciar você como coisa verdadeira. O que foi que contra você eu fiz, para ser do céu atirado aos infernos? Para que se fizesse passar o espetáculo verdejante dos melhores anos, e fosse imposto a mim

o cansaço da velhice e da morte? Livra-me, pois, de vez dessa dívida." [...]

Eu mesmo, terminada a repreensão imunda, comecei a me arrepender daquele meu sermão, porque, deixando de lado o pudor, eu tinha como que discutido com aquela minha parte em que homens sabidamente mais sérios não admitiam sequer pensar. Em seguida, depois de muito esfregar o rosto, eu disse: "Mas que mal se faz ao descarregar uma dor natural através de um insulto? Também não se costuma amaldiçoar a barriga, a goela ou a cabeça, quando doem com frequência? E então? Acaso não discute Ulisses com o próprio coração, e além disso, não imprecam os trágicos contra os olhos como se esses pudessem ouvi-los? Os que sofrem das articulações maldizem os pés, ou as mãos. Os cegos maldizem os olhos, e os que costumam topar em alguma coisa que lhes machuca os dedos descontam a raiva nos pés. Nada é mais falso que convicções enfadonhas, nada é mais enfadonho que a austeridade fingida!"

A reprimenda não é senão paródia daquela que um pai daria no filho desobediente, o mestre no discípulo desleixado, o comandante no soldado sem coragem.

O triste fim de Petrônio Árbitro

Acredita-se hoje que Petrônio não apenas tenha vivido no tempo de Nero, mas tenha até mesmo frequentado a corte e trabalhado para ele. Há um relato do historiador Cornélio Tácito segundo o qual havia na corte certo Petrônio, cuja função era zelar pela elegância do imperador e organizar festas imperiais, preparando todos os requintes necessários aos banquetes do homem mais poderoso de Roma. A esta função os romanos chamavam *elegantiae arbiter*, que significa "árbitro do bom gosto". *Arbiter* não seria, portanto, parte do nome de Petrônio, mas o apelido que ele ganhou por causa daquela função. Isto não teria maior importância se a mais famosa passagem do *Satíricon* não fosse justamente o já mencionado "Banquete de Trimalquião", longa descrição de um festim oferecido por alguém que, segundo a visão aristocrática da elite romana (compartilhada por Petrônio), *ocupa um lugar que não merece.* Ora, Petrônio descreve justamente uma atividade – o banquete – cuja organização na vida real era uma de suas funções. Isso nos leva a crer que Trimalquião seja a sátira do próprio Nero, alçado a imperador sem *supostamente* ter requisitos para tanto. E nos leva a crer que no *Satíricon* as excentricidades do "Banquete" e seu cortejo de libertos enriquecidos, de aduladores e de intelectuais pernósticos mas ignorantes, apesar do exagero existente em toda sátira, correspondam a frequentadores do círculo mais íntimo do imperador. Parece claro que Petrônio tenha se servido da experiência adquirida na função para compor a passagem, mas o fez de modo tão notável que o "Banquete de Trimalquião", ultrapassando sua própria época, é uma das sátiras mais contundentes de todo novo-rico em qualquer tempo, da figura sempre recorrente do homem grosseiro, esbanjador, exibido e de péssimo gosto, mesmo com toda a riqueza acumulada.

Com o intuito de mostrar um refinamento que não tinha e de agradar os "finos" convidados (entre os quais nossos heróis), Trimalquião não apenas oferece os pratos mas apresenta-os como atrações sucessivas de um grande espetáculo, que mais parece um número de circo. O próprio Encólpio o diz:

> Aquilo tudo mais parecia o coro de uma pantomima, não um jantar na casa de um senhor.

Em dado momento, quando será servido porco, percebem-se o gosto duvidoso de Trimalquião e principalmente a crueldade enrustida de Encólpio:

> uma bandeja com um porco descomunal tomou conta da mesa. Aos poucos, fomos nos admirando daquela rapidez, e juramos que nem mesmo um frango poderia ser assado tão rapidamente, quanto mais que o porco nos parecia ser bem maior do que o javali servido um pouco antes. Além disso, Trimalquião, sem parar de olhá-lo, disse:
>
> "O que é isso? Esse porco não foi estripado? Por Hércules, não! Chamem o cozinheiro, chamem aqui o cozinheiro!"
>
> Como o cozinheiro se apresentasse acabrunhado diante da mesa e dissesse ter se esquecido, Trimalquião exclamou:
>
> "O quê? Esquecido? Você imagina que isso é como não botar pimenta e cominho? Dispam-no!"
>
> Sem perda tempo, o cozinheiro foi despido e, aflito, tomou posição entre dois carrascos. Mas todos intercederam, dizendo:
>
> "Pode acontecer. Soltem-no, suplicamos. Se voltar a fazer, nenhum de nós vai levantar a voz por ele."

Eu, imbuído de crudelíssima severidade, não pude me segurar e, me inclinando à orelha de Agamênon, disse:

"Sem dúvida que esse servo deve ser de péssima qualidade: um sujeito que se esquece de estripar o porco? Por Hércules, não o perdoaria se se distraísse assim com um peixe."

Mas não Trimalquião, que com o rosto relaxado pelo bom humor, disse:

"Pois então, já que sua memória é tão ruim, estripe-o diante de nós."

Devolvida a túnica, o cozinheiro agarrou uma faca e, com a mão receosa, fendeu, ali mesmo, o ventre do porco.

Imediatamente, do talho, caindo em quantidades cada vez maiores, foram lançados salpicões com chouriços.

Os convidados, apreensivos, temiam que do porco saíssem as verdadeiras vísceras e intestinos, mas para sua grata surpresa saíram iguarias prontas, preparadas justamente daquelas vísceras. Assim é que, a cada prato servido, os convidados são submetidos a atrações nem sempre agradáveis, de modo que o banquete vai se tornando insuportável para todos, até mesmo para os nossos heróis penetras e, nas palavras de Encólpio, acaba por transformar-se num labirinto insuportável, um verdadeiro inferno, isto é, num lugar onde foi fácil entrar, mas de onde não conseguem sair. Mas a situação deteriora-se de vez quando Trimalquião e sua esposa, Fortunata, trocam ofensas diante de todos, arruinando a encenação de bom gosto e refinamento. Era tudo mesmo uma farsa, e a sátira, ou melhor, o satirista – função que Petrônio assumiu – cumpre o papel que todo satirista tem: desmascarar.

Porém, como vimos, o círculo íntimo de Nero incluiu o próprio Petrônio, cuja posição de participante da corte e ao mesmo tempo de crítico de seus excessos é singular e até contraditória. Nosso satirista em algum momento, por causa de intriga, caiu em desgraça aos olhos do imperador, e quando percebeu que estava condenado foi que compôs o *Satíricon*. É muito provável que a singular posição de Petrônio tenha levado o mesmo historiador Cornélio Tácito a dedicar-lhe um belo capítulo dos *Anais*. Depois de narrar a intriga palaciana que causou a desgraça de Petrônio, Tácito acrescenta:

> Por acaso naqueles dias Nero fora à Campânia, e Petrônio, tendo chegado a Cumas, foi ali detido. Não prolongou nem o temor nem a esperança, nem se precipitou em dar fim à vida, mas, conforme o humor, cortava as veias, fechava-as, tornava a abri-las enquanto conversava com os amigos, não sobre coisas sérias ou outras com que buscasse a glória de homem firme. Não deu ouvidos a quem falasse sobre imortalidade da alma ou aquelas coisas que agradam a filósofos, mas a quem recitava poemas delicados e versos jocosos. A alguns escravos mandou dar recompensas, a outros, chibatadas. Pôs-se a cear e concedeu-se dormir, para que a morte, ainda que provocada, parecesse casual. No testamento, ao contrário do que faz a maioria dos condenados, não adulou Nero, nem Tigelino nem outro qualquer dos poderosos, *mas descreveu em detalhe as depravações de Nero, dando o nome dos participantes, homens e mulheres, e a novidade de suas perversões*; selou o documento e enviou-o ao imperador.

Quebrou o sinete para que ninguém o utilizasse depois para pôr outros em perigo.

Lembrando que o *Satíricon* nos chegou mutilado de várias passagens, houve sempre quem acreditasse que elas justamente descreviam "em detalhe as depravações de Nero, dando o nome dos participantes, homens e mulheres, e a novidade de suas perversões" (ou seja, que Tácito estivesse aqui justamente a referir-se ao *Satíricon*!) e que foi Nero quem agiu para que as passagens desaparecessem de todas as outras cópias que houvesse. É uma hipótese interessante, bem atraente, mas impossível de provar.

No entanto, o mérito do relato de Tácito é transformar Petrônio (que como todo autor fica, digamos assim, *oculto nos bastidores*) numa personagem *em cena*. Tácito narra as ações finais de Petrônio, quando ele já sabe que está obrigado a tirar a própria vida. Agora nós assistimos também ao que o próprio Petrônio faz nos derradeiros momentos. Narradas suas ações, é revelado seu caráter: ele tinha sim seus defeitos, mas entre algumas virtudes desponta o sereno desprendimento com que enfrentou a morte. Tendo em vista então o "Banquete de Trimalquião", que o leitor ainda vai conhecer, é possível saber desde já que Petrônio, o autor, bem ao contrário de Encólpio e seu bando, não conseguiu escapar do labirinto que são os círculos do poder. O relato de Tácito, enfim, por contraste, é complementar ao *Satíricon* e, assim, relevante para o melhor entendimento da engraçada, mas dura sátira que ele contém.

Satíricon interessou a importantes escritores modernos, que de diferentes maneiras se servem do livro. Oscar Wilde, em *O retrato de Dorian Gray* (1890), não mencionou personagens do *Satíricon*, mas sim o próprio Petrônio! A certa altura diz o narrador:

> Tendo descoberto que poderia ser, para a Londres de sua própria época, o que o autor do *Satíricon* fora para a Roma imperial de Nero, bem no íntimo do coração, porém, Dorian desejava ser algo mais que um mero *elegantiarum arbiter* a ser consultado sobre o uso de determinada joia, ou sobre o nó de uma gravata, ou sobre o modo de conduzir uma bengala.

Na década de 1920, T. S. Eliot encontrou numa passagem do infernal banquete de Trimalquião a epígrafe para seu poema "A terra devastada", e na mesma época F. Scott Fitzgerald, em *O grande Gatsby*, fez de seu herói, também ele novo-rico e dissipador, uma espécie de Trimalquião contemporâneo, tanto que o primeiro título que Fitzgerald dera ao romance foi *Trimalchio*. Em 1969 foi lançado o filme *Satíricon*, de Federico Fellini, em que o banquete é central.

Pela graça ou pela crítica, pela narrativa ou pela forma de narrar, pelas personagens ou pela paródia, *Satíricon* há de agradar ao leitor, fazê-lo rir, como quem ri da desgraça alheia. Mas lembro aqui palavras de outro satirista romano, Horácio, que disse: "Do que você está rindo? É só mudar o nome, e esta sátira estará falando de você mesmo!". Destinava-se ao leitor. Pois bem: pelo golpismo, esbanjamento, violência, novo--riquismo, mau gosto, estupidez, grosseria, desfaçatez que denuncia, o *Satíricon* fala também de nós, bem entendido, fala também de *nossos tempos*, e deve por isso interessar aos leitores de hoje, que têm boa oportunidade de aprender a rir de si mesmos.

I*

"E os oradores? Quando exclamam:

"– Que golpes recebi por defender a liberdade do público! Vejam o olho que sacrifiquei a vós! Rompidos os tendões, os membros desabam. Preciso de um guia que me leve à casa de meus filhos...

"Que seres os perturbam, senão as fúrias?

"Tais exageros seriam admissíveis, se abrissem o caminho da eloquência aos que a ela se dirigem. Mas essa congestão mental, esse estrépito de palavras vazias, só os conduz a isto: quando vêm à praça pública, veem-se arrastados para fora da órbita terrestre. E, por isso, julgo que os jovens, na escola, tornam-se verdadeiras múmias, porque nada que seja consagrado pelo uso eles ouvem ou veem. Só histórias de piratas com grilhões espreitando pelas praias, de tiranos que redigem éditos ordenando aos filhos cortar a cabeça dos pais, de oráculos recomendando o sacrifício de três ou mais jovens por causa de uma epidemia. Frases confeitadas e ditos desconexos, como que salpicados de sementes de gergelim e papoula.

---

* Perderam-se as primeiras partes do *Satíricon*, e o texto inicia-se no meio da fala do protagonista Encólpio, ao qual se segue a resposta do seu mestre, Agamênon. Os manuscritos têm várias outras lacunas, indicadas aqui por meio de reticências entre colchetes. (N.T.)

II

"Os que se nutrem disso não podem mesmo adquirir discernimento. Tanto quanto os que moram numa cozinha, cheirar bem. Com todo o respeito, era preciso dizer: fostes os primeiros a arruinar a eloquência. Com efeito, dando azo à zombaria por meio de palavras agradáveis ao ouvido, mas inanes, fizestes com que o sumo do discurso se esgotasse e sumisse. Os jovens ainda não andavam empolados desses estilos declamatórios, na época em que Sófocles e Eurípides descobriam as palavras com que precisavam se exprimir. Nem ainda destruía disposições naturais um desses professores pedantes, na época em que Píndaro e os nove poetas líricos se desviavam da métrica de Homero ao cantar. E deixando de lado o testemunho desses artistas, certamente que nem Platão nem Demóstenes vejo se valerem de tais exercícios. Uma linguagem imponente e também pudica não se apresenta intumescida e cheia de nódoas, mas eleva-se com natural beleza. Há algum tempo, uma loquacidade inflada e sem tamanho migrou da Ásia para Atenas, e soprou como influência planetária infecta sobre os ânimos mais promissores dos jovens. Corrompidas as suas regras, a arte oratória estancou, perdeu a língua. Em suma, quem depois disso chegou perto da fama de um Tucídides? Da fama de um Hipérides? Poema algum irradiou em cores saudáveis, mas todos, alimentados do mesmo engodo, encaneceram antes de velhos. Não foi outro o fim da pintura, depois que a ousadia dos egípcios inventou atalhos para tão grande arte."

III

Agamênon, não admitindo que eu declamasse no pórtico mais tempo do que ele próprio suara na escola, disse:

"Jovem, visto que te expressas de uma forma que não é comum e, coisa raríssima, estimas o bom senso, não vou te esbulhar dos segredos da arte. Em verdade os professores não procedem mal ao propor tais exercícios, pois, na companhia de doidos, têm por forçoso delirar. Com efeito, como diz Cícero, se não falam aquilo que seus discípulos estimam, nas escolas são deixados de lado. Assim como aduladores teatrais, quando andam atrás de jantares dos ricos, não se valem de nada senão daquilo que imaginam ser o mais agradável aos seus ouvintes – nem de fato obtêm o que procuram senão espalhando insídias ao pé dos ouvidos –, também o professor de eloquência, se não fizer como o pescador, colocando nos anzóis a isca que sabe apetecer aos peixinhos, ficará de mãos vazias, sem pescado, à beira da penha.

IV

"Que conclusão tirar? Os que merecem ser repreendidos são os pais, que não querem que os filhos progridam segundo uma disciplina rigorosa. Primeiro, como tudo, sem dúvida, até o que eles têm de melhor sacrificam pela ambição. Depois, precipitando-se para obter o que desejam, empurram à praça pública uma erudição ainda mal digerida, e de uma eloquência que dizem superior a tudo cobrem os recém-nascidos.

Porque, se permitissem que os estudos se sucedessem gradualmente, a fim de propiciar aos jovens aplicados leituras consistentes, a fim de que suas inclinações fossem moldadas por sábios preceitos, a fim de que as frases medonhas fossem arrancadas pela raiz, a fim de que ouvissem diariamente o que buscam imitar, a fim de que se convencessem de que nada que agrada aos jovens é magnífico: aí sim, aquela superior eloquência recobraria o peso da sua majestade. Mas hoje os meninos brincam nas escolas, os jovens são motivo de chacota nas praças e, o que em todos os sentidos é pior, aquilo que cada um aprendeu mal, isso na velhice não querem admitir.

"Para que não imagines, entretanto, que eu condene improvisos humildes, feitos à moda de um Lucílio, eis o que penso, e isso em versos vou apresentar:

V

"*Se alguém procura obter um efeito de grande talento*
e a mente consagra a coisas importantes, antes os costumes
trate de lapidar num regime de séria moderação.
Não vele pela corte selvagem de um insolente
ou, como protegido, frequente jantares de degenerados,
nem, como escravo, entre arruinados entorpeça de vinho
a chama da mente; ou ainda, claque em espetáculos,
permaneça sentado como liberto dedicado à comédia.
Mas quer lhe sorriam as fortalezas da guerreira Tritônia,
ou Tarento, terra habitada pelo agricultor espartano,
ou Nápoles, residência das sereias, dedique aos versos
os primeiros anos e, de peito aberto, beba na fonte meônia.

Depois, saciado da companhia socrática, alce as velas
e, homem livre, agite as armas do colossal Demóstenes.
Daqui, transborde a mão romana, e da medida grega
libertada, inundada de sons, metamorfoseie o gosto.
Por vezes, subtraída ao fórum, corra pela página,
e ressoe com a sorte, matizada de céleres contrastes.
Consagrem-se festins e guerras lembradas com canto cruel,
e as palavras grandiosas do indomável Cícero se anunciem.
Cerque o espírito de todos esses bens: e assim, do largo caudal
nutrido, faça vazar do peito de Piero as palavras."*

VI

Ouvia eu a isso com tanta atenção que não me preveni contra a fuga de Ascilto... E enquanto pelos jardins, em meio a esse turbilhão de palavras, eu avançava, uma turba monstruosa de estudantes apareceu no pórtico – trazidos, parece, pelas declarações improvisadas de não sei quem que respondia à suasória de Agamênon. Enquanto, pois, esses jovens riam das opiniões e difamavam o encadeamento de todo o discurso, me subtraí dali a tempo e pus-me no rasto de Ascilto. Mas eu não prestava a devida atenção ao caminho e nem sabia para que lado ficava a hospedagem. Assim, para onde quer que fosse, acabava no mesmo lugar, até que, cansado da marcha, já molhado de suor, deparei-me com essa velha vendedora de legumes agrestes:

* Pai das musas. (N.T.)

VII

"Por favor, mãezinha, por acaso não sabe me dizer onde moro?"

Encantada com tamanha sutileza, respondeu:

"E como eu não saberia?"

E logo pôs-se de pé, passando à minha frente. Tomei-a por uma adivinha...

Assim que chegamos a um local mais afastado, a espirituosa velha abriu uma cortina de trapos e disse:

"É aqui que você deve morar."

Enquanto eu negava reconhecer a casa, percebi uns homens que rondavam furtivos entre prostitutas nuas e tabuletas.* Tarde, ou melhor, tarde demais, dei-me conta de que fora conduzido a um bordel. Amaldiçoando, pois, a perfídia da velha, cobri a cabeça e, entrando no lupanar, tratei de escapar por algum outro lado. E eis que, ao fazer isso, veio ao meu encontro Ascilto, extenuado, acabado: devia ter sido enganado pela mesma velha! Sem esconder o riso, cumprimentei-o e perguntei o que fazia num lugar tão degradante.

VIII

Ele enxugou o suor com as mãos e disse:

"Se você soubesse o que me aconteceu!"

"Qual é a última?", perguntei.

E ele disse, cambaleando:

"Depois de eu vagar por toda a cidade sem en-

* Com tais tabuletas costumava-se anunciar o preço de cada prostituta. (N.T.)

contrar a hospedagem que havia deixado, aproximou--se de mim um respeitável pai de família que muito bondosamente se prontificou a me guiar. Conduziu--me por caminhos sinuosos e passagens obscuras até este local e, presentinho oferecido, propôs-me umas sem-vergonhices. Nem bem a meretriz cobrara uma moeda pelo quarto, ele já me enfiava a mão e, se eu não fosse mais forte, me ferrava."

[...] até então, por toda parte, parecia a mim que todos tivessem bebido satírio.*

[...] reunidas as forças, deixamos aquele sujeito inconveniente.

IX

Como que através de espessas nuvens, vi Gitão parado no passeio de uma ruela e me dirigi para lá.

Quando perguntei se por acaso o irmãozinho não nos conseguira nada para o almoço, o menino desabou sobre o leito, enxugando com o polegar as lágrimas que corriam. Abalado com o estado do irmãozinho, perguntei-lhe o que acontecera. E ele, na verdade lentamente, constrangido, disse, depois que às minhas súplicas eu misturava já também a raiva:

"Esse teu... amigo, esse que anda contigo, sei lá... apareceu pouco antes aqui na pensão e veio querer me tirar a vergonha à força. Como eu protestava aos gritos, ele desembainhou o gládio e disse:

"– Sede Lucrécia, que eis aqui o teu Tarquínio!"**

---

* Bebida feita com planta homônima afrodisíaca. (N.T.)

** Referência ao estupro de Lucrécia por Sexto Tarquínio, filho do último rei romano – episódio que, segundo conta a lenda, teria conduzido ao estabelecimento da república. (N.T.)

Tais palavras ecoando, ergui os punhos contra os olhos de Ascilto e perguntei:

"Tem coragem, vendido pusilânime que a tudo se submete e de quem nem o hálito está limpo!"

Primeiro Ascilto fingiu se horrorizar e logo, mãos lançadas para o alto com mais energia, bradou num esforço muito maior:

"Cala a boca! Gladiador indecente, que saiu fugido de uma arena em ruínas! Cala a boca, sicário da noite, que por mais que fizesse nem com mulher casta se batia e a quem no jardim servi de irmãozinho tal como esse menino agora na estalagem..."

"Você aproveitou o discurso do mestre para escapar..."

X

"O que é que eu devia ter feito, imbecil, se morria de fome? De certo, dar ouvidos àquelas opiniões, quer dizer, àqueles cacos de palavras, interpretações de sonhos? Por Hércules! Muito pior você que, querendo jantar fora, ficou elogiando o poeta."

E assim, daquela disputa ridícula nos dispersou o riso, e muito tranquilamente saímos em busca do que fazer.

*

Em seguida, com as injúrias de volta à memória, eu disse:

"Ascilto, reconheço que não é possível acordo entre nós. Assim, é melhor dividir o que temos em comum, e cada qual dar um jeito de dissipar a miséria indo se queixar pro seu lado. Você estudou tanto quanto eu. Que eu não interfira nas suas queixas, vou cuidar de outra coisa; de outra forma, mil motivos nos farão colidir todos os dias, espalhando-se como boatos por toda a cidade."

Ascilto não fez qualquer objeção, e disse:

"Hoje, já que, na qualidade de letrados, nos comprometemos com um jantar, não vamos perder a noite. Mas amanhã, já que você assim prefere, trato de cuidar de outra morada e de outro amigo."

"É perda de tempo protelar o que é propício", disse eu.

*

A lascívia concorria para essa divisão tão precipitada: já há muito, com efeito, eu ansiava por afastar aquele vigia perigoso, a fim de reestabelecer com meu Gitão o velho acordo.

XI

Depois de percorrer com a vista toda a cidade, regressei ao nosso quartinho e, finalmente, roubando os beijos que me eram devidos, enganchei com abraços apertadíssimos o menino e gozei sem interrupção as saborosas e invejáveis súplicas. Ainda não tínhamos feito de tudo, quando Ascilto aproximou-se furtivamente da nossa porta e, fazendo cair a tramela com uma sacudida violenta, me entreviu brincando com o irmãozinho. Ele fez então ribombar nossa alcova com seus risos e aplausos e, erguendo o manto que escondia a mim e ao nosso amiguinho, perguntou:

"Que é que você fazia, irmão venerabilíssimo? Hein? Dividia a coberta?"

Não só por meio de palavras ele continuou, mas desatou a correia da bolsa e começou a me açoitar a valer, enquanto dizia petulante:

"É assim que se aprende a dividir com um irmão!"

XII

O dia já era findo quando chegávamos ao fórum, onde observamos uma porção de coisas à venda. Nada de precioso, é claro, mas objetos cuja garantia de procedência a obscuridade da hora muito facilmente encobria. E então, como nós mesmos trouxéssemos um manto roubado em um assalto, tratamos de nos valer daquela oportuníssima ocasião, agitando num canto qualquer uma ponta do tecido, acaso pudesse o esplendor da roupa atrair um comprador. Não demorou muito, um sujeito desajeitado, cuja figura me dizia algo, acompanhado de uma mulherzinha, aproximou-se e começou a observar atentamente o manto. Ascilto, por sua vez, vislumbrou o que vinha jogado sobre os ombros do mascate e logo emudeceu sem fôlego. Certamente nem eu examinei melhor o homem sem levar um susto, pois aquele só podia ser quem encontrara abandonada a minha estimada túnica. Sem dúvida, era isso mesmo. Mas como Ascilto desconfiasse dos próprios olhos, e para não agir às cegas, primeiro aproximou-se como outro comprador e puxou de cima daqueles ombros uma ponta da túnica, tateando-a muito diligentemente.

XIII

Que ironia extraordinária do destino! Pois o labrego até então não levara as mãos curiosas à costura e carregava a túnica ainda agora com descaso, como se fosse o despojo de um mendigo. Ascilto, depois de conferir que o depósito não fora violado e a cara desdenhosa do vendedor, afastou-me um pouco para o lado e perguntou:

"Você se dá conta, amigo, que voltou a nós o tesouro pelo qual eu chorava? Essa é a nossa tunicazinha, ainda repleta, parece, das moedas de ouro intactas. O que fazemos, pois? Por que meio reclamamos o que é nosso?"

Animado, não apenas porque vislumbrava o nosso butim, mas também porque a sorte afastara de mim uma suspeita vergonhosa, não quis me valer de rodeios e sim do direito de cidadão, a fim de que, se não quisesse devolver a coisa alheia ao dono, o homem fosse cobrado por uma sentença.

XIV

Ascilto, ao contrário, temia as leis e perguntou:

"Quem, neste lugar, poderia dizer que nos conhece? Quem teria confiança no que dizemos? A mim parece muito melhor comprar o que reconhecemos, mesmo que seja nosso, e recuperar um tesouro com uma moedinha de cobre, do que acabar num litígio duvidoso.

De que servem as leis onde só o dinheiro manda
ou onde a miséria nada pode superar?
Os mesmos que, com o alforje dos cínicos, passam
as estações,
às vezes têm o hábito de vender seus ditos por moedas.
Assim, o direito não é nada senão rendimento público,
e o cavalheiro que cuida do processo bem aprecia
os subornos."

Mas além de um único dipôndio*, que destinávamos para compra de grão-de-bico e tremoço, nada tínhamos à mão. E assim, para que nesse ínterim o butim não se perdesse, o melhor foi atribuir valor mais baixo ao nosso manto, pois o resgate do prêmio mais alto tornaria leve o sacrifício. Logo que desenrolamos, entretanto, a mercadoria, a mulher de rosto coberto que estivera até então ao lado do labrego, inspecionadas cuidadosamente suas características, lançou uma das mãos à ponta do tecido e clamou na maior gritaria que prendessem os ladrões. Diante disso, quase caímos para trás e, para que não nos surpreendessem sem ação, resolvemos nós mesmos agarrar a túnica rasgada e imunda e ainda proclamar, com a mesma hostilidade, serem nossos os despojos de que eles tinham se assenhoreado. Mas o litígio não era de forma alguma equânime, e os vendedores ambulantes

* Moeda equivalente a dois asses, menor unidade do sistema monetário romano. (N.T.)

que acorreram riam-se, é claro, da singularidade da nossa raiva, já que do lado de lá reivindicavam um traje valiosíssimo, e deste, um trapo inútil até mesmo para centão.* Mas Ascilto dispersou o riso, que deu lugar ao silêncio, e disse:

XV

"Vê-se que a cada um vale muito mais o que é seu. Devolvam a nós a túnica, que recebem seu manto."

Embora a troca agradasse ao labrego e à mulher, advogados, ou melhor, gatunos querendo lucrar com o manto, exigiam que junto de si ambas as mercadorias fossem depostas, e no dia seguinte um juiz examinasse a queixa. E na verdade não simplesmente com relação àquilo que se via estar em litígio, mas ao que mais demandasse o processo, porque sobre ambas as partes caía, é claro, suspeita de latrocínio. Eles se decidiam por um depositário, e não sei qual dos vendedores ambulantes, calvo, com o rosto cheio de protuberâncias, que costumava por vezes também advogar umas causas, já tomara posse do manto e afirmava agora que o apresentaria de volta no dia seguinte. De resto, parecia que nada mais se demandava senão que, definitivamente, entre os ladrões, sumisse o traje consignado, e que nós pelo medo de sermos acusados não comparecêssemos à sessão.

E não era outra coisa que queríamos. Assim, o acaso favoreceu o desejo de uns e outros. O labrego, sem dúvida indignado, porque nós exigíssemos que

* Manta de retalhos, usada para apagar incêndios. (N.T.)

o centão fosse entregue, atirou a túnica no rosto de Ascilto e exigiu por sua vez que, liberados da queixa judicial, renunciássemos ao manto, o único objeto afinal em litígio.

Recuperado, como calculávamos, o tesouro, precipitamo-nos de volta à estalagem e, de portas fechadas, nos pusemos a rir não menos da inteligência dos vendedores ambulantes que daquela dos que nos caluniavam, porque, com tamanha esperteza, tinham restituído a nós uma fortuna.

Aquilo que desejo não quero obter de imediato,
Nem me dá prazer a vitória comprada.

XVI

Mas mal nos fartáramos com o jantar preparado pelo encanto de Gitão, e uma pancada fez retumbar a porta com denodado estrondo.

E como nós, pálidos, perguntássemos quem fosse, disse:

"Abre, que já vai saber."

E enquanto falávamos, a trava, que se soltara por si, caiu e súbito as portas destrancadas deram passagem a quem chegava. Ora, era uma mulher de rosto coberto. Ela disse:

"Esperavam rir de mim? Eu sou a escrava de Quartila, cujo culto diante da cripta vocês perturbaram. Eis que ela veio em pessoa à hospedagem e pede para que seja permitido falar-lhes. Não se assustem. Ela não os incrimina pelo erro nem os pune, mas, pelo contrário, pergunta-se qual deus teria levado à sua região jovens tão polidos."

XVII

Ainda calados, e sem que nos curvássemos nem de um lado nem de outro à lisonja, entrou a própria Quartila, acompanhada de uma virgem, e, sentando-se sobre minha cama, chorou sem parar. E certamente então não acrescentamos uma palavra, mas atônitos observamos as lágrimas bem debulhadas na simulação da dor. Acalmando-se, pois, um dilúvio tão comovente, descobriu do manto a soberba cabeça e, entrelaçando as mãos até estalarem as articulações, disse:

"Que audácia é essa, onde aprendestes piratarias tais que até as lendas superam? Pelo deus Fídio, tenho piedade de vós; pois, com efeito, ninguém, impunemente, voltou o olhar para o proibido. Mas nossa região é mesmo plena de manifestações divinas, e é mais fácil dar de cara com um deus que com um homem. E não imagineis que vim aqui por vingança; comove-me mais a vossa idade que a ofensa a mim feita. Inexperientes, sem dúvida, é o que até agora imagino, cometestes um crime inexpiável. Eu mesma, todavia, agitada por causa daquela noite, ericei-me dos pés à cabeça, como se temesse um acesso de febre terçã. Por isso, roguei por meio de sonhos um remédio e, assim ordenada, aqui estou para indagar-vos e abrandar, com o ardil revelado, a desordem desencadeada. Mas com o remédio não me preocupo tanto; maior, sem dúvida, é a dor que no peito me arde, que me precipita a esse destino de morte, caso espalheis aquilo que, num desvario de impulso juvenil, vistes no pequeno santuário de Príapo, e mencioneis à multidão as injunções dos deuses. Em suma, com as mãos voltadas para o céu toco em vossos joelhos, suplico e rogo que não façais de ritos noturnos motivo de riso e galhofa, nem pretendais transformar em espetáculo mistérios tão antigos que nem mil homens conheceram."

XVIII

Depois dessa súplica, fez chover lágrimas pela segunda vez e, com o rosto e o peito sacudidos por largos gemidos, estreitou-se de encontro ao meu colchão. Eu, confundido de uma só vez pela compaixão e o medo, exortei a ela que tivesse coragem e certeza de duas coisas: que, com efeito, ninguém iria expor publicamente cultos religiosos, e que se, quanto ao ocorrido, o deus tivesse indicado a ela, além disso, outro remédio contra a febre terçã, iríamos ao auxílio da divina providência, por nossa própria conta e risco. Mais alegre depois de feita aquela promessa, a mulher beijou-me muito lentamente e, passando das lágrimas ao riso, ajeitou com a mão indolente meus cabelos que caíam por cima da orelha e disse:

"Dou trégua a vós e anulo a pena instituída. Porque se não tivésseis consentido com o remédio que exijo, estava já preparada para amanhã uma turba que vingaria a ofensa cometida e minha dignidade:

"Ser desprezado é torpe, conciliar uma lei, soberbo;
amo poder andar por onde me agrada.

Pois, com sabedoria, o homem prudente do desprezo
urde contendas,
e aquele que não degola costuma partir vitorioso."

*

Em seguida, batendo palmas, de súbito desatou a rir e de uma maneira tal que tivemos medo. O mesmo fez, por sua vez, a escrava que viera antes, e o mesmo a menina que entrara com ela.

XIX

Tudo vibrava com aquele riso falso, mas todavia desconhecíamos o que operara uma mudança de ânimo tão repentina e olhávamos desconfiados ora para nós mesmos, ora para as mulheres.

"Por isso proibi que qualquer mortal fosse admitido hoje nesta estalagem, a fim de que eu recebesse de vós, sem nenhuma interrupção, o remédio da febre terçã."

Logo que Quartila disse essas coisas, Ascilto ficou, pelo menos por um instante, paralisado. Eu, por outro lado, acabei mais gelado que o inverno da Gália e não pude emitir uma palavra. Mas nada de mais sinistro eu tinha a esperar, nosso grupo se impunha. De fato, eram mulherzinhas as três, e fraquíssimas, sem dúvida, caso alguma coisa quisessem tentar contra nós. Afinal, tratava-se do sexo viril. Vestíamos, seguramente, mais curtas as túnicas. E assim eu até já dispusera os pares, se fosse o caso de lutar: eu faria frente a Quartila, Ascilto à escrava, Gitão à menina.

*

E então, deveras, assombrados por um raio, a calma toda desapareceu, e a morte certa sorveu os olhos dos desgraçados.

XX

Eu disse:

"Senhora, suplico que, se prepara algo funesto, seja breve: de fato, não cometemos crime tão grande que devêssemos morrer torturados."

A escrava, que se chamava Psique, estendeu cuidadosamente, no chão, uma pequena coberta. Ela agitou minhas partes, já de mil mortes geladas. Ascilto cobrira a cabeça com um manto, depois de lembrar, sem dúvida, que é perigoso intrometer-se em segredos alheios. Ela tirou dois folhos do vestido e com um amarrou nossos pés, com outro, nossas mãos.

*

Já eclipsando-se o encadeamento daquelas histórias, Ascilto perguntou:

"O quê? E eu, não mereço nenhuma bebida?"

A escrava, traída pelo meu riso, bateu palmas e disse:

"Mas eu servi; jovem, você bebeu sozinho todo o remédio?"

"Como?", perguntou Quartila. "O que havia de afrodisíaco... Encólpio bebeu?"

Um riso muito conveniente sacudiu-a por todos os lados.

E nem Gitão, por fim, conteve o riso, pelo menos não depois que a menina pulou no seu pescoço e, sem que o menino se opusesse, roubou-lhe inúmeros beijos.

XXI

Acabados, queríamos gritar, mas não havia ninguém para prestar socorro. E de um lado Psique, com um grampo de cabelo, espetava-me as bochechas – eu que ansiava por invocar a proteção dos soldados – e, de outro, a menina, com o mesmo pincel que embebera no satírio, subjugava Ascilto.

Por fim, surpreendeu-nos a chegada de um afeminado, paramentado de um manto cor de murta arregaçado até a cintura, que ora desconjuntando as nádegas sucumbia sobre nós, ora nos empestava com beijos terrivelmente fétidos, até que Quartila, segurando uma verga de osso de baleia e toda arregaçada, ordenou que se libertassem os desgraçados.

Cada um de nós jurou, valendo-se das palavras mais sagradas, que entre os dois deveria morrer o tão terrível segredo.

*

Entraram inúmeros massagistas que, banhando--nos de excelente óleo, nos recuperaram. De qualquer forma, pois, com a canseira posta de lado, tomamos de volta nossos trajes de banquete e fomos conduzidos a um quarto próximo, no qual estavam prontos três leitos e mais todo um aparato de luxo esplendorosamente disposto. Exortados logo a nos reclinar para o jantar e presenteados com uma entrada prodigiosa, encharcaram-nos ainda de vinho falerno. Já tinham nos honrado com inúmeros pratos quando caímos no sono, e Quartila:

"Ah, então é assim? Já pensais em dormir, quando sabeis ser exigida pelo gênio de Príapo uma vigília prolongada?"

XXII

Posto que Ascilto, aturdido depois de tantas punições, caísse no sono, aquela escrava que fora injuriosamente repelida esfregou por todo o rosto dele espessa fuligem e, enquanto ele jazia desacordado, desenhou falos nos seus lábios e ombros. Por outro lado eu, também cansado de tantas punições, sentira, por assim dizer, uma derradeira pontada de sono; o mesmo tinham experimentado todas as pessoas da casa, dentro e fora do quarto, e uns acomodavam-se dispersos junto aos pés dos convivas, outros encostados nas paredes, outros de pé num mesmo umbral, cabeças apoiadas uma na outra; e até as lâmpadas, desprovidas de azeite, difundiam uma luz tênue e agonizante, quando dois sírios entraram no triclínio a fim de roubar uma bilha de barro e, enquanto disputavam, mesquinhos, no meio da prataria, partiram a bilha ao meio. E nisso virou a mesa com a prataria, e um copo por acaso lançado mais alto quase partiu a cabeça de uma escrava entorpecida num leito. Em consequência da pancada, ela gritou e, ao mesmo tempo em que entregava os ladrões, encolerizou parte dos bêbados. Os sírios que tinham vindo atrás de pilhagem, depois de se aperceberem apanhados em flagrante, desabaram juntos ao longo de um leito – dir-se-ia de comum acordo – e começaram a roncar como se desde há muito dormissem.

Sem perda de tempo, uma vez desperto, o encarregado do banquete vertera azeite nas lâmpadas que se apagavam, e os jovens criados, com os olhos em pouco tempo limpos, regressavam ao trabalho, quando uma tocadora de címbalos que entrava e fazia ressoar os bronzes animou a todos.

XXIII

Reanimou-se, pois, o festim, e Quartila de novo exortou-nos a beber. A alegria da anfitriã era reforçada pela tocadora de címbalos.

*

Entra então um afeminado, o mais insípido de todos e visivelmente digno daquela casa, o qual, depois de gemer batendo palmas espalhafatosamente, proferiu versos deste tipo:

> *"Aqui e acolá, reuni-vos agora, devassos,*
> *esticai o pé, apressai a marcha, levantai do chão,*
> *com perna propícia, nádega e mão ágil, atrevidos,*
> *flexíveis, vetustos, castrados da Ilha de Delos."*

Esgotados os seus versos, babou-me com um beijo imundo. Sem demora, subiu em cima do leito e, por mais que o repelisse, à força me despiu. Em cima das minhas partes, demoradamente moeu, muito e em vão. Rios corriam pela sua fronte, exsudando da maquiagem de acácia, e sobre as rugas das bochechas havia tanto giz que se podia tomá-las por paredes descascadas trabalhadas por um aguaceiro.

XXIV

Não contive por mais tempo as lágrimas e, chegando ao limite da ira, eu disse:

"Suplico, senhora... não fora ordenado que me servissem um paregórico?"

Muito delicadamente, ela bateu palmas e disse:

"Ó, espírito sutil, manancial de urbanidade romana! O quê? Não tinhas entendido que paregórico é como chamamos o catamito?"

Em seguida, para que a sorte do meu camarada não fosse melhor, eu disse:

"Sinceramente, senhora, Ascilto, neste banquete, é o único a ter folga?"

"Bem lembrado!" disse Quartila. "Que a Ascilto se dê também o seu paregórico."

Àquela convocação, o afeminado trocou de montaria e, depois de passar ao meu amigo, triturou-o com as ancas e beijos. Diante da cena, ergueu-se Gitão, que ria até rebentar as ilhargas. E vendo-o assim, Quartila perguntou, com zeloso interesse, de quem era o menino. Tendo eu dito que era meu irmão, ela acrescentou:

"E então por que ainda não me deu um beijo?", e depois de chamá-lo a si, abraçou-o afetuosamente.

Em seguida, deixou já cair a mão pela aba da túnica e, depois de manusear cuidadosamente o calicezinho jamais profanado, disse:

"Esse, amanhã, vai se engajar, deliciosamente, como aperitivo da nossa luxúria; hoje, sem dúvida, depois de um burrico, com pouco já não me satisfaço."

XXV

Psique, rindo, aproximou-se sem demora do ouvido dela e cochichou alguma coisa que não se ouviu. Quartila então declarou:

"Sim, sim, muito bem lembrado! E por que não? É uma bela oportunidade da nossa Pâniquis ser desvirginada."

Imediatamente, mostrou-se a menina, belíssima, e que parecia não ter mais de sete anos, aquela mesma que antes com Quartila viera ao nosso quarto. Aplaudiram, pois, todos e, sendo exigidas as núpcias, aturdido, asseverei que nem Gitão, menino extremamente pudico, teria audácia para tanto, nem a menina idade suficiente para cumprir legalmente obrigação de mulher.

"É essa menina, por acaso, mais nova do que era eu, a primeira vez que aceitei um homem? Que a ira de Juno me atinja, se algum dia tive lembrança de ser donzela. E, com efeito, eu nem sabia falar e já era emporcalhada por outros do mesmo tamanho, e em seguida, com o avançar dos anos, com meninos mais velhos me juntei, e isso até chegar à idade que tenho. Imagino que daí vem o provérbio que diz poder levantar um touro quem aguentou bezerro."

E então, para que meu irmãozinho não tivesse de sofrer, afastado, injúria mais grave, acorri à cerimônia de núpcias.

XXVI

Sem perda de tempo, Psique envolvera a cabeça da menina com o flâmeo*, paregórico ia à frente com o archote, mulheres inebriadas, aplaudindo, tinham feito um longo cortejo e coberto o tálamo** com uma colcha descarada. E então, Quartila, também inflamada pela lascívia dos zombeteiros, levantou-se ela própria e, apoderando-se de Gitão, arrastou-o ao quarto.

Sem dúvida, o menino não se opusera, e tampouco a menina temera tristonha o anúncio das núpcias. E assim, ao jazerem encerrados, sentamo-nos no limiar do tálamo, e Quartila, na primeira fila, dirigiu um olhar indiscreto pela fresta impudentemente afastada e espreitava o jogo pueril com indecorosa atenção. Com mão insinuante, arrastou-me ao mesmo espetáculo, e como, ao contemplá-lo, uniam-se as nossas faces, sempre que o espetáculo ficava parado, ela aproveitava para mover os lábios e me vergastar, em seguida, com beijos furtivos.

*

* Véu cuja cor (vermelho-alaranjada) lembra a das chamas, utilizado pelas noivas. (N.T.)

** Leito nupcial. (N.T.)

Jogados no leito, aguardamos, sem medo, o final da noite.

*

Chegara afinal o terceiro dia, para o qual se prometia uma descomunal patuscada, mas varados por tantos golpes a fuga calhava mais que o repouso. E assim, aflitos, refletíamos sobre como escapar daquele flagelo, quando um servo de Agamênon interpelou-nos em meio à nossa agitação:

"O quê? Vocês não sabem em casa de quem é hoje o banquete? Trimalquião, homem riquíssimo! No triclínio, tem instalados uma clepsidra e um corneteiro, para que de tempos em tempos saiba quanto da vida dissipou."

Vestimo-nos, pois, de pronto, esquecidos de todos os males, e a Gitão, que de muito boa vontade honrava suas obrigações servis, ordenamos seguir-nos ao banho.

XXVII

Ainda vestidos, por um instante andamos ao acaso, ou melhor, distraímo-nos, aproximando-nos de grupos de pessoas que se divertiam, quando subitamente vimos um velho calvo, vestido de túnica vermelho-escura, que jogava bola entre jovenzinhos de cabelos compridos. Não eram tanto os jovenzinhos que nos atraíam ao espetáculo, ainda que valessem a pena, quanto o próprio pai de família que, de sandálias, jogava com uma bola verde. A que caía por terra não se buscava de volta, mas um servo tinha delas uma sacola cheia, que punha à disposição dos jogadores. Observamos ainda estas novidades: em pontos opostos do círculo estavam dois eunucos, dos quais um segurava um vaso de prata e o outro contava os pontos, não das bolas lançadas de mão em mão ao correr do jogo, mas daquelas que caíam no chão.

Enquanto admirávamos tais extravagâncias, Menelau correu para junto de nós e disse:

"Esse é o homem junto a quem vocês devem jantar, e o que estão vendo é só o começo."

Menelau mal terminava de falar, quando Trimalquião estalou os dedos; o eunuco então se aproximou do jogador, oferecendo-lhe o vaso. Descarregada a bexiga, ele pediu água para lavar as mãos e secou os dedos mal lavados no cabelo de um dos jovens.

XXVIII

Tomaria muito tempo reparar em cada coisa. E assim entramos na estufa e, com o corpo num instante aquecido e transpirando, passamos ao banho frio. Em pouco tempo, Trimalquião, inundado de perfume, era enxugado não com panos de linho, mas com toalhas feitas de uma lã extremamente macia. Enquanto isso, na frente dele, três médicos se embebedavam de vinho falerno e, dado que dissipavam muita bebida competindo entre si, Trimalquião afirmava que brindavam à sua saúde. Então, envolvido num manto de lã felpudo e escarlate, Trimalquião foi colocado na liteira, em frente à qual iam quatro corredores ornados de fáleras* e um carrinho no qual se transportava o seu preferido, um jovem com cara de velho, de olhos inflamados e mais corrompido que o seu mestre. Ao ser, pois, levado, um músico, munido de flautas diminutas, postou-se à sua cabeceira e, como se contasse a ele ao pé do ouvido algum segredo, tocou durante todo o percurso.

Nós fomos atrás, já fartos de tanta surpresa, e com Agamênon chegamos à porta de entrada da casa, em cujo umbral estava afixada uma placa com a seguinte inscrição: *Qualquer escravo que sair para a rua sem a permissão do senhor leva cem chicotadas.* Na própria entrada, estava também um porteiro vestido de verde, que trazia à cintura uma faixa cor de cereja e escolhia ervilhas numa travessa de prata. E no umbral estava dependurada uma gaiola de ouro, na qual uma pega de diversas cores saudava os que passavam.

XXIX

De resto, ao admirar isso tudo, caindo de costas, quase quebrei as pernas. Com efeito, à esquerda dos que entravam, não longe do alojamento do porteiro, um cão descomunal, preso por uma corrente, estava pintado na parede e, sobre ele, escrito em letras maiúsculas garrafais: *CUIDADO COM O CÃO.*

Riram de mim meus camaradas. Mas eu, com a respiração suspensa, nem por isso me abstive de percorrer com os olhos toda a parede. Havia também,

* Placas de metal usadas para decoração militar, suspensas às vezes no pescoço dos cavalos. (N.T.)

pintado, um grupo de escravos expostos à venda, com suas respectivas tabuletas, e o próprio Trimalquião, que, de cabeleira comprida, trazia um caduceu e, conduzido por Minerva, entrava em Roma. Em seguida, de que maneira teria aprendido a calcular e, além disso, como teria sido nomeado intendente: tudo isso o curioso pintor traduzira, cuidadosamente, com a ajuda de letreiros. Já no final do pórtico, Mercúrio arrebatava-o, erguido pelo queixo, a uma sublime tribuna. Às suas ordens estava Fortuna, provida de uma cornucópia transbordante, e três Parcas fiando rocas de ouro. Observei, ainda, no pórtico uma multidão de corredores que se exercitava com o seu treinador. Depois disso, vi num canto um grande armário, em cujo nicho estavam ajeitados Lares* de prata, uma estatueta de Vênus em mármore e um cofrezinho de ouro de bom tamanho, em que se dizia estar guardada a barba do próprio Trimalquião.

Pus-me, então, a perguntar ao guarda do átrio o que eram aquelas pinturas no centro da parede.

"A Ilíada e a Odisseia", disse ele, "e um combate de gladiadores de Lenate."

XXX

Já não se podia examinar muita coisa.

Nós já tínhamos chegado ao triclínio, em cuja antessala um administrador recebia relações de gastos. E em particular, espantou-me o seguinte: nos umbrais da porta do triclínio estavam afixados feixes, unidos a

* Deuses domésticos. (N.T.)

machadinhas, cujas extremidades terminavam em uma espécie de esporão de bronze de navio, em que estava escrito *A Caio Pompeu Trimalquião, séviro augustal, seu administrador, Cínamo.* Sob a mesma inscrição, pendia da abóbada uma lanterna de dois pavios, e em ambos os umbrais estavam presas duas tabuletas, das quais uma, se bem me lembro, isto trazia escrito: *na antevéspera e véspera das calendas de janeiro, nosso Caio janta fora.* A outra trazia pintados o curso da lua e as imagens dos sete astros. Com tacha colorida, eram marcados os dias propícios e os inconvenientes.

Fartos dessas atrações, tentávamos entrar no triclínio, quando gritou um dos rapazes, que estava encarregado da tarefa:

"Com o pé direito!"

Estremecemos, sem dúvida: que nenhum de nós transpusesse o limiar contrariamente à regra. De resto, ao erguermos conjuntamente nossos pés direitos, um servo desnudo prostrou-se à nossa frente e se pôs a rogar que o livrássemos de uma pena: não era grande a falta por causa da qual estava em perigo; na verdade, no quarto de banho, haviam lhe furtado as roupas do administrador, que não valiam nem dez sestércios.* Recolhemos, pois, nossos pés direitos, e ao administrador, que contava moedas no átrio, pedimos que suspendesse a pena do servo. Soberbo, ele levantou o rosto e disse:

"O prejuízo não me incomoda tanto quanto o desleixo desse imprestável desse servo. Perdeu meus

---

* Moeda de prata, equivalente originalmente a dois asses e meio. (N.T.)

trajes de banquete, que ganhei de aniversário de um cliente, em púrpura de Tiro, sem dúvida, mas já lavados uma vez. Que mais, pois? Por causa de vocês, eu o perdoo."

XXXI

Sendo nós responsáveis por tão grande favor, ao entrarmos no triclínio, o mesmo servo pelo qual tínhamos intercedido correu ao nosso encontro e, para o nosso espanto, soterrou-nos sob uma avalanche de beijos, agradecendo a nossa bondade.

"Enfim, vocês imediatamente vão saber", disse ele, "a quem garantiram o favor. O vinho exclusivo do patrão é o agradecimento do servo."

Tomamos então lugar à mesa, enquanto jovens escravos de Alexandria vertiam em nossas mãos água arrefecida com neve; outros que os seguiam, junto aos nossos pés, removiam paroníquias de nossas unhas com notável destreza. E, mesmo ao desempenhar tarefa por certo tão desagradável, não se calavam, mas seguiam cantando. Eu quis saber se todos da casa cantavam, e assim pedi que me servissem bebida. Preparadíssimo, o rapaz me homenageou com um canto não menos estridente, como fazia com qualquer um que lhe pedisse alguma coisa. Aquilo tudo mais parecia o coro de uma pantomima, não um jantar na casa de um senhor.

Anunciava-se, todavia, o prato de entrada, de extremo fausto; com efeito, todos já tinham tomado os seus lugares, com exceção do próprio Trimalquião, a quem estava reservado, conforme um costume insólito, um lugar na extremidade de uma das laterais.* De resto, numa bandeja tinham colocado um burrinho em bronze de Corinto com um alforje, que continha de um lado azeitonas verdes e de outro pretas. Acompanhavam o burrinho duas travessas, na borda das quais estavam gravados o nome de Trimalquião e o peso da prata, e ainda pequenas pontes soldadas, que sustinham arganazes cobertos de mel e semente de papoula. Sobre uma grelha de prata, salsichas fumegantes e, embaixo da grelha, ameixas da Síria com sementes de romã de Cartago.

XXXII

Estávamos em meio a esses luxos, quando o próprio Trimalquião, acompanhado de música, foi trazido e, acomodado entre minúsculas almofadas, provocou o riso dos desavisados. É que, usando um manto vermelho, ele deixara de fora a cabeça raspada**, e, ao redor do pescoço e dos ombros, que portavam a veste, enfiara um guardanapo guarnecido de uma larga faixa de púrpura***, com franjas que caíam cá e acolá. Tinha também no dedo mínimo da mão esquerda um anel grande e ligeiramente dourado, e deveras, na falange extrema do dedo seguinte, um menor, que me pareceu ser todo de ouro, porém incrustado com espécies de

* No triclínio, os leitos eram dispostos ao longo de três lados da mesa, e o anfitrião costumava ficar num canto entre dois desses lados e não na ponta. (N.T.)

** Raspar a cabeça era costume dos escravos libertos. (N.T.)

*** Faixas como essa costumavam ser usadas por senadores. (N.T.)

estrelas nitidamente de ferro. E não mostrava apenas essas riquezas: descobriu o braço direito enfeitado com um bracelete de ouro e uma argola de marfim unida por uma placa brilhante.

XXXIII

Em seguida, limpou os dentes com uma pena de prata e disse:

"Amigos, eu ainda não estava disposto a vir ao triclínio, mas abri mão de todas as alegrias para não ficar muito tempo ausente, fazendo-os esperar. Permitam-me, todavia, terminar o jogo."

Procurando-o, surgiu um menino com um tabuleiro de terebinto e dados de cristal, que notei serem coisa finíssima. No lugar de peões brancos e pretos, ele usava moedas de ouro e prata. Nesse meio tempo, enquanto ele, no meio do jogo, gastava saliva com tiradas capciosas e eruditas, a nós, que até então degustávamos a entrada, levou-se uma bandeja com uma cesta na qual havia uma galinha de madeira com as asas abertas em círculo, tal como costumam ficar as chocadeiras. Aproximaram-se, imediatamente, dois servos e, acompanhados de uma música barulhenta, puseram-se a examinar a palha e a distribuir, em seguida, aos convidados, os ovos de pavão que descobriam.

Trimalquião virou o rosto para essa cena e disse:

"Amigos, mandei que colocassem os ovos de pavão embaixo da galinha. E, por Hércules! Receio que estejam já chocos. Vejamos, pois, se ainda são comíveis."

Recebemos colheres que pesavam não menos que meia libra e perfuramos os ovos feitos de uma farinha gordurenta. Eu, todavia, quase lancei fora o que era meu, pois tive a impressão de que já me saía dali um pinto.

Em seguida, ouvi de um convidado mais velho:

"Algo de bom deve ter aqui..."

E destruindo o restante da casca com as mãos, descobri um saboroso papa-figo, envolto em gema de ovo picante.

XXXIV

Interrompido o jogo, Trimalquião exigira ser servido de todas aquelas mesmas coisas e dera permissão, em alto e bom som, caso algum de nós, naquele meio-tempo, quisesse tomar vinho misturado com mel, quando de súbito a orquestra fez soar o sinal e, a um só tempo, o que fora servido de entrada foi levado pelo coro cantante. De resto, em meio ao tumulto, como caíra por acaso uma travessa e um servo juntara o que jazia no chão, Trimalquião, tendo observado o ocorrido, mandou castigarem o rapaz a bofetadas e lançarem o prato de novo no chão. Veio em seguida um carregador de liteira e, munido de vassouras, varreu dali a prata junto com o resto de sujeira. Imediatamente entraram dois etíopes de cabelos compridos trazendo pequenos odres, como costumam fazer aqueles que borrifam a arena no anfiteatro, e verteram vinho em nossas mãos; água, de fato, ninguém ofereceu.

Perto de onde estávamos, elogiou-se o bom gosto do dono da casa.

Ele disse:

"Marte estima a justiça. Por isso, mandei que a cada um fosse dada uma mesa. Assim, diminui também o calor causado pelo ajuntamento, em grande número, desses servos fedidos."

Sem demora, foram trazidas ânforas de vidro cobertas cuidadosamente de gesso, em cujos gargalos estavam afixadas etiquetas com a seguinte inscrição: *Falerno de cem anos. Consulado de Opímio.**

Ao conferirmos a inscrição, Trimalquião bateu as palmas das mãos e disse:

"Ah! Eis que o vinho vive mais que o homenzinho miserável. Façamos como as esponjas. A vida é vinho. E esse, eu garanto, é opimiano legítimo. Ontem, servi um que não era tão bom, e jantavam homens bem mais importantes."

Embebedamo-nos, pois, e, ao contemplarmos pormenorizadamente esses luxos, um servo trouxe um esqueleto de prata armado de um modo tal que suas articulações e vértebras flexíveis se dobravam em todas as direções. Como o tivesse lançado uma e outra vez sobre a mesa, e a engenhoca exprimisse figuras várias, Trimalquião acrescentou:

"Ai! Miseráveis que somos: todo homenzinho é nada!
Assim seremos todos, depois que o Orco nos levar.
Aproveitemos a vida, pois, enquanto houver
felicidade."

* Lúcio Opímio, em cujo consulado se produziu vinho afamado. (N.T.)

XXXV

Ao panegírico seguiram-se iguarias, sem que houvesse maior suspense; a novidade do arranjo, entretanto, fez com que todos voltassem os olhos. O prato redondo trazia, de fato, distribuídos em círculo, os doze signos do zodíaco, sobre os quais fora colocada, pelo cozinheiro arquiteto do arranjo, uma isca própria e conveniente: sobre o de Áries, grão-de-bico arietino; sobre o de Touro, um pedaço de carne de vaca; sobre o de Gêmeos, testículos e rins; sobre o de Câncer, uma grinalda; sobre o de Leão, figo africano; sobre o de Virgem, o útero de uma porca que jamais dera cria; sobre o de Libra, uma balança que tinha em um dos pratos pastel de queijo e, no outro, uma torta; sobre o de Escorpião, um peixinho marinho; sobre o de Sagitário, um *oclopetam**; sobre o de Capricórnio, uma lagosta marinha; sobre o de Aquário, pato; sobre o de Peixes, dois ruivos. Além disso, no meio, um torrão de grama aparada sustinha um favo de mel. À volta do prato, movia-se um menino egípcio, trazendo pão num forninho portátil de prata.

...e o mesmo, com voz horrorosa, desfigurou um canto do mimo *O comerciante de assa-fétida*. Quando, já um pouco agastados, nos aproximamos daquelas iscas sem graça, Trimalquião disse:

"Meu conselho é comer, para o molho não desandar."

---

* Hápax desconhecido. (N.T.)

XXXVI

Logo que disse isso, quatro dançarinos, saltando ao ritmo da música, acorreram e retiraram a parte superior do prato. Isso feito, vimos embaixo (em outro prato, é claro), aves gordas, tetas de porcas e uma lebre munida de penas, como se fosse Pégaso. Notamos também, ao redor dos cantos do prato, quatro Mársias, de cujos pequenos odres escorria garo* condimentado sobre peixes, que nadavam, por assim dizer, nesse canal. Demos todos continuidade aos aplausos, provindos dos empregados da casa, e nos aproximamos sorrindo daquelas coisas esplêndidas.

E o mesmo fez Trimalquião, que, alegre e com seu jeito divertido, disse:

"Trinche!"

Avançou, pois, sem demora, o escravo encarregado de trinchar a carne e, gesticulando conforme a música, despedaçou o prato como – se poderia imaginar – um gladiador, ao som de um órgão hidráulico, lutando sobre um carro em movimento.

Trimalquião, com voz agilíssima, vibrava tanto quanto:

"Trinche! Trinche!"

Eu, desconfiado de que aquela palavra tantas vezes repetida visasse alguma outra sutileza, não tive vergonha de perguntar isso a um conviva reclinado numa posição acima da minha. E ele, que presenciara muitas vezes o jogo, disse:

---

* Molho tradicional e bastante estimado à época, feito a partir de uma salmoura de vísceras de peixes. (N.T.)

"Você está vendo aquele que trincha a carne? Chamam-no 'Trinche'. Por isso, todas as vezes que ele diz 'Trinche', o chama e o manda usando a mesma palavra."

XXXVII

Não pude mais achar graça naquilo. Voltado para o conviva, porém, a fim de obter dele o máximo possível, comecei a puxar conversa como quem não quer nada e a perguntar quem era a mulher que corria de lá pra cá.

"É a mulher de Trimalquião", disse ele, "chamada Fortunata, pois conta os cobres a cântaros. E, há pouco, era o quê? Vá me desculpar o seu gênio protetor, mas das mãos dela você não aceitaria migalha de pão. Agora, sem quê nem pra quê, subiu às alturas, e pra Trimalquião ela é tudo. Em suma, em pleno meio-dia, se ela diz que é noite, ele acredita. Esse aí mal sabe o que tem, montado como está no tutu; mas a cadela fareja tudo de longe, e onde nem se imagina. É sóbria, reservada, boa conselheira: tanto quanto o ouro que nela se vê. Mas linguaruda, uma gralha de travesseiro. De quem ela gosta ela gosta, de quem não gosta não gosta. Trimalquião tem terras até onde sobrevoam os corvos, e o dinheiro que seu dinheiro rende. Na despensa do seu porteiro se acumula mais prata do que qualquer um tem entre seus bens. Muitos escravos, sem dúvida. Que maravilha! Por Hércules, calculo que um décimo deles seja os que conhecem o dono. Em suma, reduz a uma folhinha de arruda qualquer um dos delambidos que aí vês.

XXXVIII

"Mas não vá pensar que ele compre alguma coisa. Tem de tudo em casa: lã, cítricos, pimenta. Se você procurar por leite de galinha, encontra. De resto, tinha muito pouca lã de qualidade, então comprou uns carneiros tarentinos e os enfiou cu adentro do rebanho. Para ter mel ático na propriedade, mandou trazer abelhas de Atenas; de passagem, as que são romanas melhoraram um pouco no contato com as greguinhas. E eis que esses dias ele subitamente escreveu para que lhe enviassem da Índia sementes de cogumelos. Além disso, não tem uma mula que não seja nascida de burro selvagem. Observe todas essas almofadas: ele só as tem com enchimento púrpura ou então escarlate. Tal é a felicidade que carrega no coração! E não despreze o resto dos colegas de alforria dele. São de um requinte extremo. Observe aquele que está reclinado por último no último leito: hoje tem os seus oitocentos mil sestércios. Saiu do nada. Há pouco, costumava carregar, dependurado à volta do pescoço, seu fardo de lenha. Mas é como dizem – e não sei de nada, só ouvi dizer –, depois de roubar o barrete de um íncubo, achou um tesouro. Eu não invejo ninguém a quem um deus presenteou. E ele está ainda sob o efeito do sopapo* e não deseja para si nenhum mal. Assim, há pouco, anunciou por escrito: *Caio Pompeu Diógenes, a partir das calendas de julho, aluga o aposento do andar superior; ele mesmo, com efeito, comprou uma casa.* E o que dizer daquele que jaz junto do alforriado? Como

* A cerimônia de libertação de um escravo envolvia uma bofetada ritual. (N.T.)

as coisas correram bem para ele! Não o censuro. Viu o seu milhão de sestércios, mas infelizmente se arruinou. Nem os cabelos deixou de empenhar, imagino. E por Hércules! Não foi culpa sua, homem melhor que ele não há. É assustador como esses alforriados adquirem tudo pra si. Preste atenção: uma panela que é de muitos ferve mal, e, quando o caldo entorna, os amigos se retiram. E quantos negócios honrados empreendeu esse que você vê nessas condições! Foi agente de funerais. E assim costumava jantar como um rei: javalis lardeados, pães, aves, cozinheiros, pasteleiros. Derramava-se mais vinho em suas mesas do que se guarda numa adega. O homem não existia! Mas os negócios declinando, como temesse que os credores o julgassem falir, anunciou o seguinte por escrito: *Caio Júlio Próculo faz leilão de bens supérfluos.*"

XXXIX

Tão belas historietas foram interrompidas por Trimalquião. Com efeito, as entradas já tinham sido levadas, e os convidados, animados, entretinham-se com o vinho e assuntos de interesse comum. Ele, pois, reclinado no leito, disse:

"Este vinho, convém que vocês o apreciem bem. Aos peixes convém nadar. Pergunto: vocês imaginam que eu esteja satisfeito com aquela comida que viram no bojo do prato? *É assim que se conhece Ulisses?** Mas e então? Entre um prato e outro, convém que se saiba já um pouco de literatura. Que bem descansem

* Referência à *Eneida* de Virgílio, II, 44. (N.T.)

os ossos do meu antigo senhor, que queria que eu fosse homem entre os homens. De fato, a mim, nada de novo podem anunciar. E aquele prato filava esse preceito. Este céu, no qual habitam doze deuses, converte-se em correspondentes figuras, e dessa forma surge o carneiro. Por isso, quem quer que nasça sob tal signo tem muitas ovelhas, muita lã e, além disso, a cabeça dura, compacta, a fuça desabusada e chifres afiados. Muitos declamadores e baderneiros nascem sob esse signo."

Elogiamos a perspicácia do cientista. E ele acrescentou:

"Em seguida, o céu todo se faz um tourinho. Por isso, então, nascem os que se inclinam a dar coices, e vaqueiros e os que gostam de pasto. Mas em Gêmeos nascem as bigas, os bois, os testículos e tudo que corta pelos dois lados. Em Câncer, eu nasci. E assim ergo-me sobre muitas patas e tenho muitas coisas no mar e na terra; com efeito, o canceriano se adapta aqui e ali. E por isso, já há algum tempo, nada ponho sobre aquele signo, para não sobrecarregar a constelação sob a qual nasci. Em Leão, nascem os glutões e os tirânicos; em Virgem, mulheres, fugitivos e agrilhoados; em Libra, magarefes, perfumistas, e todos os que tiram medidas; em Escorpião, envenenadores e assassinos; em Sagitário, estrábicos – olham pra couve e se servem do toucinho; em Capricórnio, infelizes de cujos males nascem cornos; em Aquário, taberneiras e cabeças-ocas; em Peixes, despenseiros e oradores. E assim gira a abóbada celeste, como mó de moinho, e sempre acontece algum mal para que os homens ou nasçam ou pereçam. Mas quanto ao torrão de relva que vocês veem no centro, e ao favo sobre o torrão, nada faço sem pensar. A mãe terra está no centro, arredondada quase como um ovo, e traz em si todas as coisas boas como um favo."

XL

"Bravo!" clamamos sem exceção e, com as mãos erguidas para o alto, afirmamos solenemente que nem Hiparco e nem Arato teriam sido homens a ele comparáveis, até que chegaram empregados e estenderam colchas à cabeceira dos leitos, nas quais estavam pintados redes, caçadores de emboscada, lanças e um aparato completo para caça.

Ainda não sabíamos aonde dirigir nossas suspeitas quando, fora da sala, se fez ouvir uma barulheira espantosa, e eis que, subitamente, cães da Lacônia puseram-se a correr por todos os lados e ao redor da mesa. A estes seguiu-se uma bandeja, na qual vinha servido um javali dos maiores, com um píleo* na cabeça, e de cujos dentes pendiam duas cestas trançadas, uma repleta de tâmaras da Cária, outra de tâmaras de Tebas. À volta, porém, leitõezinhos feitos de massa dura, situados como que junto às mamas, sugeriam que fora servida uma porca. E esses foram distribuídos como apoforetos.** De resto, para trinchar o javali, não foi o tal Trinche, que despedaçara as aves, quem se aproximou, mas um barbudo de tamanho descomunal,

* Barrete colocado nos escravos em sinal de que haviam sido libertados. (N.T.)

** Presentes que se oferece aos convidados em dias festivos. (N.T.)

com faixas atadas nas pernas e munido de um manto multicolorido de caça; com uma pequena faca, ele rasgou com violência o flanco do javali, de cuja chaga tordos saíram voando. A postos, munidos de flechas, estavam passarinheiros, que em um instante abateram aqueles que voavam pela sala.

Então, ordenando restituir a cada convidado o seu pássaro, Trimalquião acrescentou:

"E vocês já veem que munição requintada aquele porco selvagem teria engolido."

Sem demora, jovens criados aproximaram-se das cestas dependuradas nas presas e distribuíram prontamente as tâmaras entre os convivas.

XLI

Nesse meio-tempo, recolhido no meu canto, eu quebrava a cabeça me perguntando por que fora servido um javali de píleo. E assim, depois de todas as suposições esgotadas, resolvi interrogar aquele meu intérprete sobre aquela dúvida torturante.

E ele:

"Permita-me isso lhe explicar muito precisamente; de fato, não se trata de mistério algum, mas de coisa bem conhecida. Este javali teria sido requisitado ontem como prato supremo da janta, mas acabou dispensado pelos convidados. Hoje, portanto, volta ao festim como escravo liberto."

Amaldiçoei minha gafe e nada mais perguntei, para não dar a impressão de que nunca tivesse jantado com gente importante.

Enquanto conversávamos, um jovenzinho de bela aparência, cingido de heras e de videiras, à maneira de Baco, proclamado ora Lieu ora Évio*, fez circular um pequeno cesto com uvas e proclamou poemas do seu senhor com voz habilíssima.

Com a atenção voltada àquelas nuances, Trimalquião disse:

"Dioniso, faça-se livre."

O menino, então, arrancou o píleo do javali e o colocou na própria cabeça.

Trimalquião, por sua vez, acrescentou:

"Vocês não negariam que tenho Líber** como pai."

Aplaudimos o trocadilho de Trimalquião, e varamos de beijos o menino que circulava.

Terminado aquele prato, Trimalquião levantou-se em busca do penico. Nós, mais à vontade, com a ausência do tirano, começamos a puxar conversa com os outros convivas.

Dama, pedindo primeiro uma taça grande de vinho, disse:

"O dia passa muito rápido. Olha-se para o lado, e já é noite. Por isso, o melhor é ir direto do quarto ao triclínio. E está fazendo um frio e tanto. O banho mal me aqueceu. Mas a bebida quente é como um agasalho. Entornei garrafas, estou completamente bêbado. O vinho me subiu à cabeça."

---

* Nomes rituais dados a Dioniso e Baco. (N.T.)

** Antiga divindade itálica assimilada posteriormente a Baco. (N.T.)

XLII

Valendo-se de uma deixa da conversa, Seleuco disse:

"Eu, todos os dias, não me lavo. O banho na verdade é um pisoeiro: a água tem dentes e liquefaz o peito. Mas, como entornei um jarro de vinho com mel, mando o frio cair de joelhos! E, pra falar a verdade, nem consegui me lavar direito; fui hoje a um funeral. Um belo homem, o nobre Crisanto, que desbordou a alma. Não faz muito, chamava-me pelo nome. Para mim, é como se ainda conversássemos. Ah! Andamos por aí com o rei na barriga, mas valemos menos que as moscas. Elas todavia têm alguma utilidade, nós não servimos para nada. E o que teria ocorrido se ele não estivesse habituado ao jejum? Cinco dias sem beber uma gota d'água, sem comer uma migalha de pão. Mas partiu como outros tantos. Os médicos o destruíram, ou melhor, a má sorte; de fato, médicos não são senão um alento. Foi, contudo, bem enterrado, no próprio leito de vida, com uma bela mortalha. A lamentação foi excelente – ele tinha libertado vários escravos –, mesmo se a mulher economizasse nas lágrimas. E o que seria dela, se ele não a tivesse acolhido? Mas mulher que é mulher, gênero de abutre. Não convém fazer o bem a ninguém; de fato, dá na mesma que atirar numa masmorra. Mas uma antiga afeição é doença incurável."

XLIII

Sua fala não caiu bem, e Fíleros protestou:

"Vamos falar dos que estão vivos. Ele teve o que lhe era devido: vida honesta, morte honesta. De que poderia reclamar? Saiu do nada e estava pronto a arrancar da merda, com os dentes, sua moedinha de um asse. E assim cresceu o que cresceu, como um favo. Imagino, por Hércules, que ele tenha deixado uma bela quantia, e toda em moedas! Mas a respeito disso, que eu – que mastiguei a língua do cão – diga a verdade: foi um boca-rota, língua de trapo, a discórdia em pessoa, não um homem. O irmão dele, esse sim era valoroso, amigo de verdade, mão aberta, mesa farta. Começou lavando pena de urubu, mas a primeira vindima lhe endireitou as costas: vendeu do seu vinho pelo preço que quis. E o que lhe fez levantar o queixo foi receber uma herança, da qual rapinou mais que o que lhe fora deixado. E aquele imbecil, por estar irritado com o irmão, não sei a que filho da mãe legou o patrimônio... De fato, quem os seus abandona acaba no sumidoiro. Além disso, tinha escravos adivinhos que o afundaram de vez. E nunca age bem aquele que está pronto a acreditar nas coisas, sobretudo um comerciante. Mas é verdade que usufruiu de tudo enquanto viveu... a ele se não prometia, dava! Filho da Fortuna, sem dúvida. Na mão dele, chumbo virava ouro. Mas é fácil quando tudo corre de acordo. E quantos anos você acha que ele carregava nas costas? Mais de setenta. Mas era duro como um chifre, e suportava bem a idade, preto como corvo. De muito longa data eu o conheço, e continuava um libidinoso. Por Hércules, acho que em casa nem o cão deixava quieto. Na verdade, era bem mais delicado, habilidades de Minerva. Não o censuro, foi o que levou consigo."

XLIV

Tendo dito isso Fíleros, Ganimedes tomou a palavra:

"Ele fala do que nada importa ao céu ou à terra, e enquanto isso todos esquecem que o que anda pela hora da morte é o trigo. Por Hércules, nem um bocado de pão hoje eu fui capaz de obter. E como dura essa seca! Um ano todo de fome. Amaldiçoados sejam os edis* que fazem conchavo com os padeiros: 'Ajude-me hoje, que ajudo você amanhã'. Pois assim, quem padece é a arraia-miúda; os peixes grandes, esses vivem nas saturnais. Ah, se tivéssemos os leões que encontrei aqui a primeira vez que cheguei da Ásia! Aquilo sim era prosperidade. Se a farinha não estivesse de acordo, eles batiam nesses palhaços com a ira de Júpiter. Me lembro de Safínio. No meu tempo de menino, ele morava no velho arco: um cautério, não um homem. Por onde fosse, queimava a relva debaixo dos pés. Mas um sujeito honesto, fiel, amigo de verdade, com quem decididamente se podia jogar a morra**, e de olhos vendados. Durante as assembleias, até o último pelo, ele lhes arrancava! Não se exprimia através de eufemismos, mas diretamente. E quando tomava a palavra no fórum, aí sim sua voz medrava como trombeta. Nunca suava, nunca cuspia; tinha, pois, não sei quê de asiático. E, generoso, retribuía todas as saudações, chamava a todos pelo nome, como se fosse um de nós! Por isso, naquele tempo, o preço do trigo era uma bozerra. Um

* Magistrados romanos que tratavam de assuntos municipais como abastecimento. (N.T.)

** Jogo em que se procura adivinhar a soma do número de dedos apresentados pelos jogadores a cada rodada. (N.T.)

pão comprado com um asse dava para mais de duas pessoas. Atualmente, há menores que olho de boi. Ah! E cada dia fica pior. Essa colônia cresce de rabo – e rabo de vitelo! Mas por que é que continuamos com um edil de meia-tigela, que à nossa vida prefere um asse? E assim, pra ficar em casa, recebe mais dinheiro num dia do que outros têm de patrimônio. Sei já de um caso em que ele teria recebido mil moedas de ouro. Se tivéssemos colhões, ele não se regozijaria tanto. Com o povo, hoje em dia é isto: os leões em casa, as raposas soltas. Quanto a mim, já devorei meus trapos, e se o preço do trigo continua assim, vendo a minha cabana. Que futuro pode haver se nem deuses nem homens lamentam o estado da colônia? Só espero poder continuar usufruindo o que é meu, a coisa toda tem de ter sido arranjada pelos deuses. Pois ninguém mais respeita o céu como tal, ninguém mais observa os dias de jejum, ninguém faz mais nem sombra de Júpiter, mas todos, de olhos bem abertos, calculam o que podem tirar de vantagens. Antes, matronas vestidas de estola subiam ao Capitólio de pés descalços, cabelos soltos, sem pensar em nada, e rogavam água a Júpiter. E assim, sem demora, chovia a cântaros: era agora ou nunca, e todos comemoravam encharcados como ratos. E assim movem-se os deuses, sorrateiros, porque desconhecemos o sagrado. Os campos ficam...”

XLV

Foi interrompido pelo farrapeiro Equíon:

“Por favor, utilize um outro tom. Como disse o labrego que perdeu um porco malhado:

"– Pelas tralhas ou pelas malhas..."

"O que hoje não é amanhã vai ser, e assim a vida toca. Por Hércules, não se pode achar pátria melhor que esta, enquanto existirem homens. Atualmente, ela sofre, mas não é a única. De que valem tantos melindres? Por toda a parte, o céu acaba nublado. Se você estivesse em outro lugar, diria que, por aqui, até os porcos assados andam. E eis que devemos ter excelentes combates durante os três dias de festa: não escravos treinados por lanista*, mas um grande número de escravos libertos. E nosso Tito é um sujeito de mão largas, além de ser esquentado. Vai ser uma coisa ou outra, mas de qualquer forma um espetáculo. Sou da sua casa, e ele não é chifre de cabra. Devem ser distribuídas ótimas armas, sem possibilidade de fuga, e o matadouro bem no centro da arena, para que possa ser visto do anfiteatro. O homem tem de onde tirar. Herdou trinta milhões de sestércios: deixados, infelizmente, pelo pai dele. Ainda que gaste quatrocentos mil sestércios, seu patrimônio pouco será afetado, e em troca da fama eterna. Conseguiu já uns cidadãos romanos, e uma gladiadora para combater em cima de um carro, e o intendente de Glicão, que foi pego em flagrante, divertindo-se com a patroa. Vocês vão ver o povo em desavença, dividido entre maridos ciumentos e amantes. E o próprio Glicão, que não vale nada, e entregou o intendente às bestas selvagens. Isso é que é trair-se! Que falta cometeu o servo, que fez o que fez constrangido? Mais merecia aquela latrina ser escangalhada por um touro. Mas

* Treinador de gladiadores profissionais. (N.T.)

quem não pode com o jegue, castiga a cela. Por que é que Glicão achava que devia algum dia acabar bem essa eriçada dessa filha de Hermógenes? Esse era capaz de cortar as garras de um abutre em pleno voo; cobras não parem cebola em rama. Glicão já deu a conhecer seus podres. E assim, pelo tempo que viver, carregará o estigma que nada, senão o Orco, vai apagar. Mas é contra si que cada um tropeça... Está me cheirando que Mamea vá nos oferecer um banquete, e dois denários* para mim e os meus. Pois, se faz isso, rouba todos os aplausos de Norbano. É bom que se saiba que vai vencê-lo de longe. E com efeito, que é que o outro nos fez de bom? Deu-nos gladiadores de um sestércio, já decrépitos – bastava um sopro pra derrubar; já vi melhores destinados às feras. Fez lutarem, até a morte, cavaleiros fajutos. Parecia mais uma rinha de galos: um deles, mula de carga, o outro, manco, e o terceiro, defunto que podia servir de reserva do outro morto, os músculos todos lanhados. O único com alguma gana era um trácio, e esse lutava como se estivesse treinando. Em suma, depois acabaram todos moídos. Até aí, tinham ouvido da multidão numerosa:

"– Coragem.

"Mas não passavam de uns medrosos.

"– Proporcionei a você um espetáculo – disse Norbano.

"– E eu a você, aplausos – respondi. Era só fazer a conta para ver que dei mais do que ganhei. E uma mão lava a outra.

* Moeda de prata. (N.T.)

XLVI

"Imagino você prestes a dizer, Agamênon:

"– Mas o que é que matraqueia o infeliz?

"Por que é que você, então, que sabe falar, não fala? Não pertence à nossa classe e zomba da fala dos que têm pouco. Sabemos que estudar tanta literatura deixou você meio desvairado. Mas e então? Um dia vou convencê-lo a vir ao campo e ver as nossas cabanas. Devemos encontrar o que mastigar: frangos, ovos. Vai ser bonito, ainda que, este ano, uma tempestade tenha arrasado com tudo. Que a gente descubra, pois, algo que nos farte. E vou deixar a seu encargo um rapazinho meu aprendiz que cresceu. Já sabe dividir por quatro. Se ele viver, você vai poder contar com a ajuda de um jovem escravo. Quando tem um tempo livre, mal levanta a cabeça da tábua de escrever. É inteligente e trabalha bem, apesar da doença por pássaros. Tive de dar fim em três pintassilgos dele. Expliquei que tinham sido comidos por uma doninha. Mas ele descobriu outras nênias, e gosta muito de pintar. De resto, já está bem enfronhado nos gregos e começou a se ocupar dos latinos, mesmo se o professor é indulgente. Esse não tem uma escola, mas vem dar aula em casa. É um sujeito letrado, mas não gosta de trabalhar. Há outro que não é assim erudito, mas é dedicado, e ensina bem, mesmo se sabe pouco. Nos dias de festa costumava aparecer por lá, e ficava satisfeito com qualquer coisa que lhe dessem. Comprei, pois, agora, pro menino, umas obras de direito, porque quero que ele tome algum contato com as leis, para uso doméstico. Isso garante o pão. A verdade é que, pela literatura, ele já foi o suficiente corrompido. Porque se ele se emendar, tenho planos de enviá-lo para aprender algum ofício, ou barbeiro, ou arauto, ou sem dúvida advogado – alguma coisa de que nada senão o Orco possa desviá-lo. Por isso, todos os dias, ralho com ele:

"– Filho, acredite em mim: o que quer que você aprenda, que lhe seja útil. Veja o advogado Fíleros: se não tivesse estudado, hoje comeria brisa. Há pouco, trazia dependurados à volta do pescoço seus fardos pra venda, e agora mantém a cabeça erguida mesmo diante de Normando. O estudo é fonte de riqueza, e a arte jamais perece."

XLVII

A conversa estava assim animada quando Trimalquião entrou e, depois de enxugado o rosto, lavou as mãos com perfume. Passado um breve intervalo de tempo, ele disse:

"Me perdoem, amigos, há dias em que os intestinos não me obedecem. Os médicos não descobrem por quê. Todavia, casca de romã e ramo de pinheiro macerado com vinagre me fizeram bem. Espero, pois, que tratem de funcionar comedidos como antes. De outro modo, vocês vão achar que o que ronca à volta do meu estômago é um touro. Portanto, se algum de vocês quiser ir fazer as suas necessidades, não há por que se acanhar. Ninguém aqui é de ouro maciço. Eu não imagino maior tormento que ficar segurando.

O cu nem Júpiter nos pode lacrar. Do que é que está rindo, Fortunata – você que, à noite, só me faz perder o sono? Não quero proibir ninguém, durante o jantar, de aliviar aquilo que lhe agrada e os médicos proíbem conter. E mais, no caso de vir alguma outra coisa, lá fora já está tudo preparado: água, penicos e demais pormenores. Acredite em mim: uma ventosidade, se sobe ao cérebro, reflui pelo corpo todo. Sei de muitos que morreram por não quererem admitir a verdade."

Agradecemos a compreensão e a generosidade dele e, tomando sucessivos golinhos da bebida, às pressas reprimimos o riso. Até então, mal sabíamos nós que estávamos recém a meio caminho rumo a um – como se diz – cume de sutilezas. Assim, quando começaram a recolher o que havia nas mesas, ao som da música, trouxeram também três porcos brancos, criados com cabrestos e sinetas, dos quais um se anunciou ter dois anos, outro três anos, e o terceiro já seis anos de idade. Eu imaginava que fossem entrar também malabaristas, como é de costume em certos ajuntamentos, para realizar algum prodígio. Mas o suspense foi quebrado por Trimalquião, que perguntou:

"Qual desses vocês querem para o próximo prato? Frango esquartejado à moda de Penteu e extravagâncias do tipo fazem os cozinheiros amadores: os meus, todavia, estão acostumados a cozinhar vitelos na panela."

Em seguida, mandou chamar o cozinheiro e, sem esperar nossa votação, ordenou que ele matasse o porco mais velho. Em alto e bom som, perguntou:

"De que escalão você é?"

Tendo o cozinheiro respondido que era do quadragésimo, Trimalquião retrucou:

"Foi comprado ou por acaso nasceu na propriedade?"

"Nenhum dos dois", respondeu o cozinheiro. "Fui deixado para o senhor no testamento de Panse."

"Pois então trate de nos servir pontualmente. Se não, mando-o fazer companhia aos viajantes."

E o cozinheiro, já chamado à ordem pela autoridade, viu-se conduzido de volta à cozinha pelo próximo prato.

XLVIII

Trimalquião, entretanto, virou-se gentilmente para nós e disse:

"Se não gostam do vinho, peço outro. Cabe a vocês julgar se ele está bom. Graças à bondade dos deuses, não tenho de comprar nada. Tudo que dá água na boca agora nasce naquele meu arrabalde, que ainda não visitei pessoalmente. Dizem que fica na vizinhança de Tarracina e de Tarento. Quero unir agora aos meus campinhos a Sicília, e assim, querendo ir à África, navego entre minhas fronteiras. Mas me conte, Agamênon, sobre que polêmicas você discursou hoje? Eu, se já não me envolvo em controvérsias, aprendi todavia a ler e a escrever, e estudei literatura em casa. E não pense que desprezo os estudos. Tenho três bibliotecas, uma com obras gregas, outra com obras latinas. Se me estima, portanto, recita um dos teus argumentos declamatórios."

Agamênon disse:

"O pobre e o rico eram inimigos."

Ao que perguntou Trimalquião:

"O que quer dizer pobre?"

"Sutil!", respondeu Agamênon, e não sei bem que argumento expôs.

Trimalquião em seguida replicou:

"Se foi assim mesmo que aconteceu, não há o que discutir. Se não foi assim, que importância tem?"

A uma coisa e outra respondemos com largos elogios, e Trimalquião continuou:

"Diga-me, Agamênon, caríssimo: por acaso, você se lembra dos doze trabalhos de Hércules, ou daquela lenda sobre Ulisses... como o ciclope deslocou o polegar dele com um osso de porco? Eu costumava, quando criança, ler essas coisas em Homero. E mais, a Sibila, que eu, em Cumas, com meus próprios olhos, vi suspensa numa garrafa... e perguntando os meninos a ela:

"– Σιβυλλα, τι θελεις (Sibila, que queres)?

"Respondia:

"– Αποθανειν θελω (Quero morrer)."

XLIX

Não tinha ainda terminado de despejar o saco, quando uma bandeja com um porco descomunal tomou conta da mesa. Aos poucos, fomos nos admirando daquela rapidez, e juramos que nem mesmo um frango poderia ser assado tão rapidamente, quanto mais que o porco nos parecia ser bem maior do que o javali servido um pouco antes. Além disso, Trimalquião, sem parar de olhá-lo, disse:

"O que é isso? Esse porco não foi estripado? Por Hércules, não! Chamem o cozinheiro, chamem aqui o cozinheiro!"

Como o cozinheiro se apresentasse acabrunhado diante da mesa e dissesse ter se esquecido, Trimalquião exclamou:

"O quê? Esquecido? Você imagina que isso é como não botar pimenta e cominho? Dispam-no!"

Sem perda de tempo, o cozinheiro foi despido e, aflito, tomou posição entre dois carrascos. Mas todos intercederam, dizendo:

"Pode acontecer. Soltem-no, suplicamos. Se voltar a fazer, nenhum de nós vai levantar a voz por ele."

Eu, imbuído de crudelíssima severidade, não pude me segurar e, me inclinando à orelha de Agamênon, disse:

"Sem dúvida que esse servo deve ser de péssima qualidade: um sujeito que se esquece de estripar o porco? Por Hércules, não o perdoaria se se distraísse assim com um peixe."

Mas não Trimalquião, que com o rosto relaxado pelo bom humor, disse:

"Pois então, já que sua memória é tão ruim, estripe-o diante de nós."

Devolvida a túnica, o cozinheiro agarrou uma faca e, com a mão receosa, fendeu, ali mesmo, o ventre do porco.

Imediatamente, do talho, caindo em quantidades cada vez maiores, foram lançados salpicões com chouriços.

L

Depois disso, os da casa aplaudiram espontaneamente e exclamaram:

"Viva Gaio!"

O cozinheiro foi honrado não apenas com uma bebida, mas também com uma coroa de prata, e recebeu seu copo numa travessa coríntia. Dado que Agamênon a examinasse mais de perto, Trimalquião disse:

"Só eu tenho bronzes realmente de Corinto."

Pelo que lhe restava de insolência, eu esperava que dissesse receber as travessas diretamente de Corinto. Mas saiu com uma melhor:

"E talvez você se pergunte por que eu seja o único a ter bronzes realmente de Corinto. Ora, é que o fundidor de quem compro se chama Corinto. O que seria, pois, de Corinto, senão aquilo que Corinto possui? E não me tome por nenhum bronco, pois sei muito bem como são feitos os coríntios. Quando Troia foi tomada, Aníbal, sujeito inteligente e velhaco consumado, juntou numa pira todas as estátuas de bronze, de ouro e de prata, e as incendiou. Ficaram reduzidas a papa metálica maciça. Então, artífices pegaram dessa massa e fizeram pratos, travessas e estatuetas. Assim foram feitos os coríntios, de uma mistura de tudo, nem isso nem aquilo. Desculpem-me falar assim: eu gosto mais dos vidros, pois não cheiram. Se não quebrassem, gostaria mais deles que de ouro, mas hoje em dia não valem nada.

LI

"Mas já houve um artífice que fez uma fíala* de vidro inquebrável. Foi recebido, pois, pelo imperador, com seu presente, e em seguida fez com que o imperador a alcançasse de volta, e a atirou na calçada. O imperador nunca sentiu tanto medo, mas juntou a fiala do chão. Tinha amassado como um vaso de bronze. O artífice tirou um martelinho do bolso e tranquilamente endireitou a fiala à perfeição. Feito isso, imaginava ter em mãos os colhões de Júpiter, sobretudo depois que a ele se perguntou:

"– Porventura alguém mais conhece esse modo de fazer vidro?

"Mas vejam só: depois de responder que não, o imperador mandou degolá-lo, porque se se soubesse daquilo, o ouro valeria como barro.

LII

"Me interesso muito por objetos de prata. Tenho vasos tipo urnas [...] que mostram como Cassandra matou os filhos, e os meninos jazem mortos de tal maneira que vocês imaginariam que vivem. Tenho um vaso sacrifical com asas, deixado por um dos meus antigos senhores, que mostra Dédalo encerrando Níobe dentro do cavalo de Troia. E as lutas de Hérmeros e Petraites tenho em uns copos, todos pesados. São, é claro, para minha própria contemplação. Por dinheiro nenhum os vendo."

* Copo largo mas pouco fundo, originalmente de metal. (N.T.)

Ao contar isso, um jovem escravo atirou o cálice no chão. Voltando-se para ele, Trimalquião disse:

"Pois, agora, faça a si mesmo em postas, para deixar de ser impertinente."

Imediatamente o rapaz, de lábio caído, proferiu uma súplica.

Trimalquião, porém, retrucou:

"O que é que você quer que eu faça? Acaso fui eu que o ofendi? Eu o aconselho a dar um jeito de não ser mais impertinente."

Enfim, pois, mais calmo, deixou o jovem à nossa mercê. Esse, dispensado, correu à volta das mesas e gritou:

"Água fora, vinho dentro."

Acolhemos a tirada do piadista, e antes de todos Agamênon, que sabia bem que galhardias lhe renderiam outros convites para jantar. De resto, Trimalquião, aclamado e bem mais alegre, bebeu e, já ébrio, acrescentou:

"Nenhum de vocês vai pedir à minha Fortunata que dance? Acreditem em mim: ninguém dança o córdax* como ela."

E ele mesmo, levantando as mãos sobre a fronte, exibia-se como um ator sírio, acompanhado por todos da casa: *madeia perimadeia.*** E teria avançado até o centro da sala, se Fortunata não tivesse se aproximado do seu ouvido e dito, creio eu, para não se rebaixar com aquelas parvoíces. Mas ninguém era

* Dança licenciosa de origem grega. (N.T.)

** Espécie de refrão que acompanha a dança, cujo significado não é conhecido. (N.T.)

mais caprichoso, e ele ora seguia na direção apontada por ela ora sucumbia às próprias disposições.

LIII

E o que a dança tinha de indecoroso foi afinal aplacado por um secretário que, como se se tratasse de um boletim municipal, proferiu:

"Sétimo dia, antes das calendas do sexto mês: na propriedade em Cumas que é de Trimalquião, trinta meninos, quarenta meninas nasceram; nos celeiros dessa área, foram armazenados quinhentos mil módios de trigo; bois amansados, quinhentos. No mesmo dia: crucificou-se o servo Mitridates, por haver blasfemado contra o gênio de Gaio. No mesmo dia: restituíram-se ao cofre dez milhões de sestércios, que não se pode investir. No mesmo dia: incêndio nos jardins pompeanos, que começou na casa do administrador Nasta."

"Mas o quê?", objetou Trimalquião. "Quando foi que compraram para mim os jardins pompeanos?"

"No último ano", respondeu o secretário, "por isso ainda não foram incluídos no livro de contas."

Encolerizado, Trimalquião disse:

"Todas as propriedades que forem compradas para mim, se eu não souber delas dentro de seis meses, proíbo que sejam lançadas nos meus livros de conta."

Foram ainda lidos em voz alta as declarações dos edis e um testamento de guardas florestais que deserdavam Trimalquião através de uma cláusula; e os nomes dos seus feitores, e que fora repudiada por um guarda uma liberta pega em flagrante com o escravo encarregado dos banhos, e que um guarda do átrio fora reenviado a Baias; que um administrador estava sendo processado, e que saíra a sentença sobre uma desavença entre criados de quarto.

Mas também, enfim, apareceram os malabaristas. Um sujeito estúpido e completamente inane equilibrou um rapazinho em umas escadas e mandou-o, cantando, saltar de degrau em degrau até o topo, depois de atravessar uns círculos em chamas e segurar uma âncora com os dentes. Trimalquião era o único a se maravilhar com aquilo, e explicava tratar-se de uma profissão ingrata. De resto, das atrações humanas, havia duas que ele contemplava com interesse genuíno: malabaristas e corneteiros. Tudo mais, monstros, instrumentistas, não passava de mera bagatela.

"Na verdade, eu tinha contratado comediantes gregos, mas preferi que eles interpretassem uma atelana e ordenei ao coraula que tocasse peças latinas."

LIV

Quando Trimalquião dizia essas coisas, o rapazinho despencou sobre ele. Os da casa gritaram, gritaram também os convivas, não por causa do sujeito, um paspalhão, cujo crânio partido ao meio veriam de boa vontade, mas por causa do desfecho funesto da cena. Não tinham necessidade de chorar a morte de nenhum desconhecido. Como o próprio Trimalquião gemia brutalmente, contorcido sobre o braço aparentemente machucado, acorreram médicos, e entre os primeiros

Fortunata, com os cabelos descobertos, segurando uma taça e proclamava-se desgraçada e infeliz. O rapazinho que caíra rondava já todavia aos nossos pés, rogando perdão. Aquilo me cheirava muito mal, tantas súplicas por causa de uma coisa risível, como se se tratasse de alguma catástrofe. Pois ainda há pouco fora dispensado aquele cozinheiro que esquecera de estripar o porco. E assim comecei a olhar à volta por toda a sala, receando que de alguma abertura saísse um autômato, sobretudo depois de começarem a chicotear um servo que envolvera o braço contundido do senhor em lã branca ao invés de púrpura. Minha suspeita não era totalmente exagerada, visto que, no lugar da pena, veio um decreto de Trimalquião, ordenando que o rapaz fosse libertado, para que não se pudesse dizer que homem tão ilustre fora ferido por um escravo.

LV

Aprovamos o feito e ficamos jogando conversa fora sobre o insondável destino dos homens.

"Por isso", disse Trimalquião, "não convém deixar passar esse caso sem registrá-lo."

Imediatamente, ele exigiu que lhe trouxessem os registros e, depois de um breve e torturado momento de reflexão, recitou estes versos:

> *"Aquilo que não se espera, repentinamente acontece,*
> *e acima de nós a Fortuna cuida de todos os assuntos.*
> *Por isso, menino: sirva-nos de vinho falerno!"*

Depois dessa inscrição, passou-se a falar de poetas... e por um bom tempo a palma coube a Mopso da Trácia... até o momento em que Trimalquião disse:

"Mas me diga, professor, em que você acha que diferem Cícero e Publílio? Considero que um foi o mais eloquente e o outro, o mais nobre. O que, pois, mereceria mais elogios que isto:

"Pelo ricto da luxúria, murcham as muralhas de Roma.
Por cujo palato, engorda-se o pavão cativo
emplumado de um manto bordado dourado da Babilônia,
a ti, galinha-da-numídia, a ti, galo castrado.
E a cegonha, hóspede agradável, peregrina,
que honra a pátria, perna grácil matraqueira,
ave exílio do inverno, indício morno indolente,
seu ninho preguiçoso na panela acaba de fazer.
Para que pérola preciosa, bago da Índia?
Para que a matrona, enfeitada de fáleras marinhas,
leve os pés, indomável, a leitos alheios?
Esmeralda verdejante, vidro raro, para quê?
Deseja as pedras ígneas de Cartago?
Só para que a probidade brilhe dos carbúnculos?
É justo a esposa vestir um tecido de desventuras,
avançar em público despida em fio de névoa?

LVI

"Qual, todavia, é o ofício que consideramos mais difícil, depois daquele do homem de letras? Acho eu que é o de médico e o de cambista: médico, porque sabe o que os homenzinhos carregam no peito e quando a febre vai chegar, mesmo se os odeio completamente, porque a mim mandam sempre que se prepare carne de pato; cambista, porque enxerga o bronze debaixo da prata. Das bestas que não sabem senão mugir, as que mais sofrem são, na verdade, bois e ovelhas: bois, pela graça de quem comemos o pão; ovelhas, porque a sua lã nos cobre de glória. E crime indigno é devorar a ovelha e vestir sua túnica. As abelhas eu certamente considero animais divinos: que vomitam mel, mesmo se é dito que elas o tiram de Júpiter. Mas por isso picam, porque, em tudo que é agradável, ali também se descobre o azedo."

Ele já estava, pois, prestes a desbancar os filósofos quando começaram a fazer circular tíquetes numa taça, e um escravo ali mesmo incumbido da tarefa nomeou as lembrancinhas:

"Perniciosa Prataria", e foi levado um pernil, sobre o qual haviam ajeitado uns acetábulos de prata. "Travesseiro", e foi levado um bolinho de carne de pescoço. "Pendor nostálgico e Injúria", e foram entregues peixe seco salgado e uma maçã espetada num palito. "Alhos-porós e Pêssegos [*persica*]", e o ganhador recebeu um chicote e um punhal [*sica*]. "Pássaros e Pega-mosca", uva-passa e mel ático. "Trajes de jantar e Trajes para o fórum", e o ganhador recebeu um bolinho e tabuinhas de escrever. "Flauta e Régua", uma lebre e uma sandália foram levadas. "Moreia (*muraena*) e Letras", e o ganhador recebeu um rato [*mus*] atado a uma rã [*rana*] e um molho de beterraba-branca [*beta*]. Rimos sem parar. Houve não sei mais quantos outros brindes no mesmo estilo, e vão além do que posso lembrar.

LVII

De resto, como Ascilto, num arrebatamento indiscreto, com as mãos lançadas para o alto, ridicularizava tudo e ria até as lágrimas, um dos ex-colegas de alforria de Trimalquião exasperou-se, aquele mesmo que ocupava uma posição acima da minha, e disse:

"Do que é que você está rindo, seu bocó? Acaso se sentiu ofendido pela elegância do dono da casa? Pois deve ser mais rico que ele e, sem dúvida, oferecer banquetes melhores. Que me ajude o gênio protetor deste lugar, porque se eu estivesse aí do seu lado já teria feito você calar o bico. Belo tipo, pra rir dos outros. Vagabundo que ninguém sabe de onde veio, pilantra que não vale a urina que verte. Em suma, se alguém mijar à sua volta, não vai saber por onde fugir. Por Hércules, não costumo me enervar desse jeito, mas se a carne é débil os vermes tomam conta. Continua rindo? Que é que há de engraçado? Acaso, antes de nascer, o pai o adquiriu a peso de ouro? É membro da ordem da cavalaria romana? E eu, filho de rei! Gostaria de saber, então, por que fui escravo? Porque eu mesmo me doei como escravo, e preferi ser cidadão romano a ter de pagar tributos. E agora, pois, espero viver sem servir de piada pra ninguém. Sou homem como qualquer outro e ando de cabeça destapada. Não devo um asse a ninguém. Nunca fui processado. Ninguém diz a mim no fórum:

"– Devolva aquilo que deve.

"Comprei umas terrinhas, juntei umas moedas; alimento vinte barrigas e mais um cão; libertei minha companheira, para que ninguém mais enxugasse as mãos nos cabelos dela; pela minha liberdade, gastei mil denários; sem tirar proveito disso, tornei-me séviro augustal; espero, pois, morrer sem ter do que me envergonhar. Você, todavia, é tão ocupado que mal tem tempo de olhar pro próprio rabo? Enxerga o piolho dos outros e não sente o peso dos próprios carrapatos? O único que vemos rir aqui é você. Eis aí o seu professor: homem de mais idade, e a ele agradamos. Você, bezerro mamão que mal sabe mugir, pé de barro, ou melhor, pedaço de couro malcurtido: mais mole, não melhor! Você, mais rico? Dois almoços, duas jantas... Mais vale a minha palavra que grandes riquezas. Em suma, alguém já teve de me cobrar duas vezes? Por quarenta anos, fui escravo: ninguém podia dizer, entretanto, se acaso eu era servo ou homem livre. Nessa colônia, cheguei já rapazinho, cabelos compridos. A basílica não tinha sequer sido construída. Mas me dediquei para deixar o senhor satisfeito, homem imponente e de posição, cuja unha valia mais do que vale você por inteiro. E havia, na casa, quem aqui e ali tentasse me derrubar; mas – graças ao gênio dele! – sobrevivi. Essas são as verdadeiras lutas, pois nascer homem livre é tão fácil quanto atender um comando: 'Aqui!'. E por que é que agora está aí pasmo, bode perdido num campo de ervilhas?"

LVIII

Depois dessa tirada, Gitão, que estava a nossos pés e há tempo vinha contendo o riso, acabou por explodir numa gargalhada inconveniente. Vendo isso, o adversário de Ascilto dirigiu a raiva para o menino e insultou-o:

"Mas você também ri, cebola crespa? Que eu saiba, as saturnais são só em dezembro. Desde quando comprou a liberdade? O que é que pode me fazer essa sua risadinha? Bolinho de carcaça, ração de corvo! Faço cair sobre você a ira de Júpiter, e também sobre esse aí, que nem tua boca controla. Que eu me dê por satisfeito e releve isso em nome do meu amigo liberto. De outro modo, aplicava o corretivo aqui mesmo. Mas não vou estragar a festa por causa desses cabeças de vento que nem a você governam. Tal mestre, tal discípulo, é claro. É por pouco que me seguro, nem costumo ser do tipo cabeça quente, mas quando me tiram do sério não dou dois asses nem pela minha mãe. É certo que vamos voltar a nos encontrar por aí, seu rato, ou melhor, tubérculo: não cresço pra lado nenhum, enquanto não tiver reduzido esse seu mestre a uma folhinha de arruda. E a você também não vou poupar, mesmo que peça ajuda a Júpiter Olímpico. Vai ter de dar adeus aos seus cachinhos de meia-tigela tanto quanto a esse seu professor de menos de dois asses. É certo que trago você sob os dentes: ou não me conheço, ou você não debocha mais de ninguém, mesmo que lhe cresçam barbas de ouro. Faço cair sobre você a ira de Minerva, e também sobre esse seu adestrador. Não aprendi geometria, filologia e outras dessas futilidades absurdas, mas sei ler inscrições e dar a porcentagem de bronzes, pesos e moedas. Enfim, se você quiser, fazemos uma pequena aposta: vamos lá, ofereço uma moeda de ouro. Logo você vai descobrir que seu pai perdeu dinheiro, ainda que você tenha aprendido retórica. Preste atenção:

"*Quem é que é assim: há muito tempo venho, e ainda ao longe venho? Resolve-me.*

"Pois vou revelar a você quem é que corre sem sair do lugar, quem é que avulta e se torna menor. Como um rato preso dentro de um vaso, é você que corre, se admira, revolve. Portanto, melhor ficar quieto e deixar de incomodar quem vale mais e nem sabe da sua existência. A menos que julgue que eu me importe com esses anéis de buxo que você rapinou da sua amiga. Com a graça de Mercúrio! Vamos ao fórum tirar um empréstimo: você logo vai descobrir quanto vale o meu anel de ferro. Ah! Que beleza é uma raposa molhada. Que eu lucre de tal forma e morra tão bem que o povo passe a jurar pelo meu destino, não sem antes eu ter perseguido você por toda parte, até fazê-lo ser condenado à morte. Bela figura esse que te ensina a agir assim: um charlatão, não um professor. Mas nós, o que nos dizia o professor, aprendemos:

"– Se não tem nada para resolver na rua, então, direto pra casa. Nada de ficar espiando ao redor, nada de falar mal dos mais velhos.

"Mas agora o que temos são essas porcarias, que não valem dois asses. Eu, tal como você me vê, agradeço aos deuses a profissão que tenho."

LIX

Ascilto ia responder ao insulto, mas Trimalquião, satisfeito com a eloquência do colega, disse:

"Eia! Deixemos de lado as disputas. É preferível agir com mais doçura. E você, Hermero, perdoe o jovem. O sangue dele está fervendo. Seja o melhor. Nessas discussões, sempre vence aquele que se contém. Você também, quando era um frangote, cocoricava como se não tivesse juízo. O melhor é, pois, retomar o bom humor de antes e assistir ao espetáculo dos rapsodos."

Imediatamente entrou o grupo e, com as lanças, fez retumbar as escudelas. Quanto ao próprio Trimalquião, recostou-se completamente na almofada e, enquanto os rapsodos declamavam seus versos em grego – conforme é o costume arrogante deles –, lia em voz alta o libreto com a tradução latina. Pouco tempo depois, fez-se silêncio, e ele disse:

"Conhecem vocês a história que eles representam? Diomedes e Ganimedes eram dois irmãos. A irmã deles chamava-se Helena. Agamênon a raptou e sacrificou uma cerva a Diana. É assim que Homero conta de que modo travam combate troianos e parentinos. Naturalmente, Agamênon venceu, e Ifigênia, sua filha, deu a Aquiles como esposa. Por causa disso, o rei Ájax enlouqueceu, e o que acontece em seguida agora vai ser explicado."

Logo que Trimalquião disse isso, lançaram os rapsodos seu grito de guerra e, em meio aos servos que corriam por todos os lados, foi trazido um vitelo cozido numa travessa de uns cem quilos, e ainda com um elmo na cabeça. Atrás dele veio Ájax e, desembainhado o gládio, como que num ataque de fúria, entregou-se ao massacre; depois, gesticulando para frente e para trás, recolheu com a ponta do gládio bocados e distribuiu o vitelo aos espectadores admirados.

LX

E não foi permitido que se admirasse por mais tempo aquelas belas estrofes, pois de repente os painéis do teto largaram a retumbar e o triclínio todo estremeceu por inteiro. Assustado, levantei-me, e desconfiei que fosse descer do teto algum malabarista. Também os outros convidados, espantando-se, levantaram o rosto, perguntando-se que novidade era aquela anunciada pelos céus. Mas eis que, abrindo-se os painéis, de súbito um grande arco, por certo arrancado de uma enorme cuba, foi baixado. De toda a sua órbita, pendiam também coroas douradas e vasos perfumados de alabastro. Enquanto éramos convocados a pegar esses presentes, olhei de volta para a mesa...

Já fora lá colocada uma bandeja com vários bolos, cujo centro era comandado por um Príapo feito de farinha, e no amplo regaço, como de costume, sustinha ele todos os tipos de frutas e uvas. Àquela pompa, estendemos ávidos as mãos e, de repente, a retomada de novas distrações acabou por restaurar nosso bom humor. Todos os bolos, com efeito, e também todos os frutos, sofrendo o menor abalo, se punham a lançar perfume de açafrão, e constantemente nos sobrevinha aquela exalação incômoda. Julgando, pois, que fosse sagrado um prato inundado de tal fausto religioso, levantamo-nos todos juntos e dissemos:

"Salve Augusto, pai da pátria."

Alguns, contudo, mesmo depois daquela reverência, continuaram arrebatando os frutos, e nós mesmos enchemos os guardanapos – eu principalmente, que de modo algum contara poder, com tão magnífico presente, cumular o regaço de Gitão.

Em meio a essa confusão, três meninos, com túnicas brancas curtas amarradas à cintura, entraram. Desses, dois colocaram sobre a mesa estatuetas de deuses domésticos enfeitados com bulas*, e um, movendo-se à volta com uma pátera** cheia de vinho, clamava:

"Que os deuses sejam propícios..."

Trimalquião, por outro lado, explicava que um se chamava Cerdo***, e os outros, Félix e Lucro. Nós também, um retrato do próprio Trimalquião, como todos então o beijassem, nos envergonhamos de desprezar.

LXI

Depois que todos, pois, se desejaram coragem e boa disposição, Trimalquião se voltou para Niceros e disse:

"Você costumava ser uma companhia divertida nos banquetes. Não sei por que, hoje, está calado e mal abre a boca. Pois bem, se quer me ver feliz, conte o que aconteceu."

---

* Bolinha de couro ou de ouro que os jovens romanos usavam como enfeite, atada ao pescoço (costume de origem etrusca). (N.T.)

** Vaso largo e chato usado para libação. (N.T.)

*** Do grego, trabalhador. (N.T.)

Niceros, encantado com a amabilidade do amigo, disse:

"Que eu fique liso, leso e louco, se não é verdade que desde há muito estouro de emoção ao vê-lo assim. Sim, são coisas realmente alegres, mas receio fazer rir os letrados. Vamos ver, eu conto. Que é que me importa rirem? É melhor rirem que debocharem."

Disse essas palavras e começou a aventura:

"Quando eu ainda era um escravo, morávamos numa viela abarrotada de casinhas, que hoje é a propriedade de Gavila. Aí, conforme a vontade dos deuses, me afeiçoei à irmã do estalajadeiro Terêncio: vocês a conheciam como Melissa de Tarento, uma lindeza. Mas – por Hércules! – não foi fisicamente ou em busca de prazeres que me envolvi, e sim porque era virtuosa. Nunca que pedi algo a ela, me negou; se ganhava um asse, meio era meu; eu o guardava no bolso dela, e nenhuma vez fui traído. A hora do marido dela chegou quando estavam no campo. E assim, aos trancos e barrancos, andei, virei, mexi, de maneira a chegar até ela: pois, como se diz, é nos momentos difíceis que valem os amigos.

LXII

"Casualmente, o senhor fora a Cápua por causa de uns móveis velhos de excelente qualidade que deviam ser vendidos. Vendo a oportunidade, convenci um estrangeiro que nos visitava a avançar comigo as cinco milhas. Mas era um soldado, valente como o Orco. Nos esquivamos perto da hora do galo cantar; a lua brilhava tanto quanto o sol ao meio-dia. Passamos por uns túmulos e meu homem resolveu largar um no meio das lápides; sentei-me cantarolando e as lápides contando. Em seguida, quando voltei a olhar para o meu companheiro de viagem, ele despia-se e depunha toda a roupa ao longo do caminho. O coração quase me saiu pela boca, sentia-me petrificar. Ora! O homem mijava ao redor das roupas e, de súbito, transformou-se em lobo. Não pensem que eu esteja brincando. Não considero que a fortuna de pessoa alguma valha uma mentira dessas. Mas, como eu estava contando, ele então se transformou num lobo, começou a uivar e fugiu para o meio do mato. De início, fiquei sem saber onde eu mesmo estava, depois, aproximei-me para recolher a roupa dele: mas a roupa tinha se transformado em pedra. Se não era para morrer de medo! Mas desembainhei o gládio e saí desbaratando as sombras do caminho, até chegar à propriedade em que estava a minha amiga. Entrei como um fantasma, as penas da alma eriçadas, pingando de suor, olho de morto. A muito custo, me refiz. Melissa acabou se admirando de eu vagar por aí noite adentro e disse:

"– Se você tivesse chegado mais cedo, teria ao menos nos ajudado. Um lobo invadiu a propriedade e banhou, como um açougueiro, as mãos no sangue do rebanho todo. Mas não se safou levando a melhor, mesmo se fugiu: um empregado nosso atravessou o pescoço dele com uma lança.

"Ao ouvir isso, não pude mais pregar a vista e, em plena luz do dia, fugi para a casa do nosso Gaio, mais rápido que o taberneiro roubado.* E quando cheguei ao local em que as roupas tinham se transformado em pedra, não encontrei nada senão sangue. E, na verdade, ao chegar em casa, dei com o meu soldado de cama, surrado como boi ladrão, e um médico cuidava do pescoço dele. Compreendi que era desses que mudam de pele, e depois não pude mais dividir com ele o pão, nem que me trucidassem. Perguntem a outros o que pensam disso. Se minto, caia sobre mim a ira dos gênios protetores de vocês."

LXIII

Ficamos todos pasmos de admiração, e Trimalquião observou:

"A história é boa, e se minha palavra vale alguma coisa, trago os pelos arrepiados, porque sei que Niceros não é de contar bobagens: pelo contrário, é sincero e nada falador. Eu mesmo vou contar a vocês uma coisa assombrosa, como asno em telhado. Quando eu ainda usava cabelos compridos – pois desde criança tive uma vida mansa, digna dos habitantes de Quios** –, faleceu o favorito do nosso patrão. Por Hércules, uma joia, um doce de menino, em tudo perfeito! E assim, estando a pobre da mãe a chorar por ele, e muitos de nós acometidos de tristeza, de repente, põem-se a chiar feiticeiras, como cão perseguindo lebre. Trabalhava junto conosco então um

* Alusão a uma fábula de Esopo, em que um taberneiro é roubado por um suposto lobisomem. (N.T.)

** Ilha do mar Egeu, cujos habitantes eram célebres por levar uma vida de abundância. (N.T.)

capadócio, grande, muito audacioso e forte. Homem capaz de segurar um boi danado. Corajosamente, com o gládio desembainhado, correu até o lado de fora da porta, a mão esquerda cuidadosamente protegida, e abriu ao meio a mulher – bem aqui, por esta altura. Esteja a salvo o meu corpo onde o toco! Ouvimos um gemido, mas, falo sério: não as vimos. Tendo voltado para dentro de casa, o escravo se atirou no leito, e trazia o corpo todo lívido, como se tivesse sido flagelado, porque uma mão funesta certamente o tocara. Fechada a porta, retomamos a cerimônia, mas a mãe, querendo abraçar o corpo do filho, encontra e descobre um feixe de palha. Não tinha cor, vísceras, coisa alguma: certamente, as feiticeiras tinham já rapinado o menino e colocado no lugar dele aquele boneco. Prestem atenção: convém que acreditem no que estou dizendo. Essas são mulheres ardilosas, que agem à noite, e viram tudo de cabeça para baixo. E aquele escravo, com todo o seu tamanho, depois do ocorrido, jamais recuperou a cor. Ao contrário, em poucos dias, morreu louco."

LXIV

Com espanto, refletimos sobre aquilo, em que acabamos também por acreditar, e, depois de beijarmos a mesa, rogamos às Noturnas que permanecessem em casa na hora em que retornássemos do banquete.

E realmente parecia-me que já brilhavam muitas lanternas e que o triclínio tivesse se transformado, quando Trimalquião disse:

"E você, Plócamo? Não tem nada para contar? Que nos distraia? Você costumava ser divertido, recitar belos diálogos, cantar melodias líricas... Ai, ai! Foi-se a época dos figos da Cária."

"E também a época das minhas quadrigas", respondeu ele, "desde que comecei a sofrer de gota. Mas, ainda adolescente, fiquei quase tísico de tanto cantar. E dançar? E recitar diálogos? E imitar a arte dos barbeiros? Naquela época, igual a mim, só Apeles."

E aproximando a mão da boca, saiu soprando não sei que espécie de chiado horroroso, que depois afirmava ser grego.

E, Trimalquião, sem deixar de imitar ele mesmo umas trombetas, se voltou para o seu preferido, que chamava Creso. Mas o rapaz, olhos inflamados, dentes nojentos, envolvia com uma faixa verde uma cadelinha preta desavergonhadamente gorda – e punha ainda de lado, sobre o leito, a metade de um pão com que, apesar das recusas enjoadas dela, a cevava. Alertado pela cena, Trimalquião mandou que também trouxessem Cílax, "guardião da casa e da família". Sem demora, um cão de tamanho descomunal foi trazido, preso a uma corrente, e, advertido por um chute do porteiro para que se deitasse, acomodou-se diante da mesa. Trimalquião, então, atirando-lhe um pedaço de pão branco, disse:

"Ninguém, em casa, gosta mais de mim do que ele."

O rapaz, indignado por ele elogiar Cílax de maneira tão efusiva, colocou a cadelinha no chão, atiçada para que partisse para a briga. Cílax, movido, é claro, por seu gênio canino, inundou o triclínio de ferozes latidos, e por pouco não desfez em pedaços a Pérola de Creso. O tumulto não se resumiu à briga, mas também um candelabro virado sobre a mesa fez em pedaços vasilhas de cristal, e óleo fervente respingou sobre alguns convidados. Trimalquião, como se ignorasse o prejuízo causado pela agitação, beijou o rapaz e além disso mandou-o subir às suas costas. Sem fazer cerimônia, esse valeu-se imediatamente do cavalo, e em seguida pôs-se a açoitá-lo nos ombros com a mão aberta, enquanto proclamava em meio a risos:

"*Boca, boca*, adivinhe quantos eu tenho levantados?"*

Dominado, assim, por um tempo, Trimalquião ordenou que misturassem bebidas numa gamela grande e distribuíssem a todos os escravos que estavam aos nossos pés, com a ressalva de que:

"Se alguém", disse ele, "não quiser aceitar, entornem a bebida sobre a sua cabeça. Durante o dia, trabalho duro, agora, alegria."

LXV

À cortesia seguiram-se acepipes, cuja mera recordação, se minha palavra vale alguma coisa, me choca. Em vez de tordos, foram trazidas, uma a uma, galinhas gordas e ovos de ganso, que Trimalquião suplicou insistentemente para que deglutíssemos de uma só

* Provável alusão a uma brincadeira infantil, da qual há remanescentes na cultura europeia. Uma das crianças monta nas costas da outra e mostra um determinado número de dedos ou objetos que deve ser adivinhado. (N.T.)

vez, explicando que as galinhas eram desossadas. Em meio a isso, um lictor* atravessou as portas duplas do triclínio, para anunciar a entrada de um pândego vestido de uma roupa branca e acompanhado de uma multidão de gente. Eu, assustado com aquela pompa, imaginava que estivesse chegando algum pretor. Tentei, então, me levantar e me firmar de pé, mesmo de pés descalços. Agamênon caiu na gargalhada e disse:

"Acalme-se, idiota. É Habinas, o séviro e também marmorista, conhecido por seus belos monumentos."

Chamado à ordem por aquela invectiva, voltei a recostar-me para contemplar, muito admirado, a entrada de Habinas. Mas, já embriagado, ele vinha com as mãos apoiadas sobre os ombros da mulher e, coberto de coroas de flores e com perfume escorrendo pela fronte e nos olhos, sentou-se no lugar destinado ao pretor, e logo pediu vinho e água quente. Encantado com aquela excelente disposição, Trimalquião pediu também para si um copo de grandes proporções, e questionou-o como o vinham recebendo.

"Tivemos de tudo, só faltou você. Eu não via a hora de chegar aqui. E por Hércules! A noite foi boa. Cissa estava dando um soberbo banquete, em honra do seu pobre escravo, à beira da morte libertado. E imagino que tenha de pagar uma bela quantia com os impostos da vintena, pois estimam o morto em cinquenta mil sestércios. Mas nos divertiu, mesmo nos coagindo a derramar metade da bebida sobre os ossinhos dele."

---

* Oficial que precedia os magistrados romanos, levando os símbolos do império (machadinha junto a um feixe de varas). (N.T.)

LXVI

"Mas o que foi que serviram?", perguntou Trimalquião.

"Não sei se consigo dizer. Minha memória está tão boa que até do meu nome esqueço. Mas primeiro foi um porco coroado de salsichas e rodeado de chouriço de sangue e miúdos de aves, e sem dúvida acelgas e pão integral feito na casa, que prefiro ao branco: reestabelece as forças e, quando faço minhas necessidades, não gemo. O prato seguinte foi um pastelão de queijo frio, com cobertura de mel quente infuso em excelente vinho da Hispânia. E embora do pastelão eu não tenha comido nada, do mel até lambuzei os dedos. Ao redor havia grão-de-bico e tremoço, nozes à vontade e uma maçã para cada convidado. Peguei, todavia, duas, e eis aqui uma, embrulhada no guardanapo. É que se não tiver levado algum presente para o meu pequeno truão, vai haver balbúrdia. E bem me lembra a minha mulher: mostraram-nos um pedaço de carne de ursa, e Cintila, depois de provar, desprevenida, quase botou os bofes pra fora; já eu, comi mais de meio quilo, pois me pareceu idêntica a javali. E, afinal, se ursos devoram homens, não têm mais razão os homenzinhos de devorarem os ursos? Por fim, tivemos queijo fresco, vinho cozido, um caracol para cada qual, tripa, patê de fígado, ovos guarnecidos, nabo, mostarda, a merda de um guisado e até mesmo a paz de Palamedes! E ainda fizeram circular uma gamela com azeitonas em conserva, de onde uns esfomeados tiraram seus três punhados. E é verdade que dispensou-se um pernil."

LXVII

"Mas, me conte, Gaio, Fortunata, por que é que não está conosco?"

"Como vocês bem sabem", respondeu Trimalquião, "enquanto ela não põe em ordem a prataria e não distribui o que sobrou aos escravos, não para nem pra tomar um gole d'água."

"Bem", respondeu Habinas, "se ela não vem estar conosco, então me retiro."

E teria se levantado se Fortunata, dado um sinal, não tivesse sido chamada umas quatro vezes pelos escravos. Apareceu, pois, com o vestido cingido por um pequeno cinto verde-claro, de tal modo que, abaixo dele, sobressaía-se a túnica cor de cereja, e as argolas espiraladas dos tornozelos, e as sandálias gregas douradas. Enxugando, então, as mãos num lenço que trazia sobre o ombro, dirigiu-se ao leito de Cintila. Depois de beijar a mulher de Habinas, que lhe batia palmas, Fortunata diz:

"Nem acredito que a vejo por aqui!"

Dali em seguida, aconteceu de Fortunata tirar dos seus braços grossos e pesados braceletes, que expôs diante da admiração de Cintila. Por último, soltou as argolas dos tornozelos e a redinha dourada que lhe prendia os cabelos e ela afirmava ser de ouro. Trimalquião observava a cena e ordenou que lhe entregassem tudo. Depois disse:

"O que vocês veem aqui são os grilhões de uma mulher: e é assim que nós simplórios somos esbulhados. Deve ter aí seis libras e meia. E eu mesmo tenho um bracelete de não menos que dez libras, obtido pela graça de Mercúrio."

Enfim, para não parecer que mentia, ordenou que trouxessem uma balança e que um grupo conferisse o peso das joias. Cintila não deixou por menos e desatou do pescoço um cofrinho dourado, que chamava de seu tesouro. Dali tirou dois pingentes de pérolas e deu-os a Fortunata para que fossem avaliados. Depois, ela disse:

"É um presente do meu marido, não há nada mais belo."

"O quê?!", exclamou Habinas. "Você teve é de me torrar a paciência pra me fazer comprar essas favas de vidro. Certamente, se eu tivesse uma filha, lhe cortaria os lobos das orelhas. Se não existissem mulheres, tudo sairia a preço de bozerra. Mas hoje é mijar quente pra beber gelado."

As mulheres vilipendiadas, entretanto, riam uma com a outra e, ébrias, beijavam-se mutuamente, enquanto uma se gabava do seu capricho como dona de casa, e a outra reclamava da atenção que o marido dava ao preferido dele. E assim, enquanto se juntavam, Habinas sub-repticiamente se aproximou e lançou os pés de Fortunata, dos quais havia se apoderado bruscamente, para cima do leito.

"Ai, ai!", gritou ela, enquanto a túnica lhe subia acima do joelho. E, depois de se acomodar no colo de Cintila, escondeu com o sudário a vermelhidão indecente do rosto.

LXVIII

Passado um tempo, como Trimalquião ordenasse que trouxessem a sobremesa, os escravos levaram todas as mesas e trouxeram outras, espalharam no chão serragem tingida de açafrão e mínio e – coisa que eu nunca tinha visto – pó de mica moída.

Imediatamente, Trimalquião disse:

"Poderia me dar por contente, pois as mesas vocês aí já têm. Mas se há ainda um belo prato pra completar o serviço, então que o tragam."

Enquanto isso, um rapaz alexandrino que passava com a água quente, pôs-se a imitar rouxinóis. Mal abria a boca, Trimalquião respondia com um grito:

"Agora outro!"

E, então, nova brincadeira. O escravo que estava sentado aos pés de Habinas, ordenado, creio eu, pelo patrão, de repente proclamou, numa voz cantarolada:

"*Nesse meio tempo, Eneias já tinha sua armada...*"

Jamais entoação tão desagradável varou meus ouvidos, pois além dos brados que, numa bisonhice flutuante, ora aumentavam ora diminuíam de intensidade, ele ainda misturava ao poema versos de atelana, de forma que, pela primeira vez, Virgílio me chocou.* Mas como, cansado, ele por fim renunciou àquilo, Habinas disse:

"Se aprendeu alguma coisa eu não sei, mas era eu enviá-lo para junto de saltimbancos, que ele sempre os ouvia. Como ele não há igual. Gosta de

* O verso cantado pelo escravo é da *Eneida* (início do capítulo V). (N.T.)

imitar os cuidadores de mulas, os saltimbancos... É desesperador o quanto ele é talentoso: faz igual sapateiro, igual cozinheiro, igual pasteleiro – não há Musa que não o favoreça. Seria perfeito, não fosse por dois defeitos: é circuncidado e ronca. Por ser vesgo, não me importo: é assim que Vênus enxerga. Por isso não se cala, seu olhar dificilmente se apaga. Comprei-o por trezentos denários."

LXIX

Interrompendo-o, Cintila disse:

"Mas você certamente não enumerou todas as habilidades do pulha desse seu escravo. É alcoviteiro: e isso eu marco a fogo!"

Trimalquião riu e disse:

"Seu marido é mesmo um capadócio; de nada se priva e – por Hércules! – tem meu aplauso. Ninguém vai lamentá-lo por isso. Não seja ciumenta, Cintila. Confie em mim, e, além do mais, sabemos também como vocês são. Que eu morra diante de vocês, se não é verdade que eu costumava dar uma bela ferrada na mulher do meu senhor, até ele suspeitar e me banir, por causa disso, para uma outra quinta. Mas melhor enrolar a língua e comer."

Porque fora elogiado, o pulha do escravo tirou do bolso uma lanterna de barro e, durante mais de meia hora, imitou um trompeteiro, enquanto Habinas lhe fazia eco com a mão sobre o lábio inferior. Para arrematar o espetáculo, o escravo foi até o meio da sala e ora com uns pedaços de cana imitava flautistas, ora vestido com uma lacerna* e usando um chicote imitava os afazeres dos cuidadores de mulas. Foi então chamado por Habinas, que o beijou, lhe deu de beber e disse:

"Você está cada vez melhor, Massa. Vou lhe dar de presente umas sandálias de soldado."

As gafes se sucederiam sem nunca ter fim, não tivesse sido trazida a sobremesa: bolinhos em formato de tordo, recheados de passas de uva e nozes. Em seguida vieram marmelos cravados de espinhos, para produzir o efeito de ouriços. E tudo isso seria tolerável, se não se tivesse preparado um prato ainda mais monstruoso, a preferir morrer de fome. Ao ser servido, e enquanto pensávamos tratar-se de um pato gordo, cercado de peixes e de todos os tipos de aves, Trimalquião disse:

"Isso que vocês veem aqui servido é todo feito de uma mesma substância."

Sagaz que sou, imediatamente intuí do que se tratava e, voltando-me para Agamênon, disse:

"Ficaria surpreso se isso tudo não fosse feito de sarro ou certamente de barro. Vi, durante as saturnais de Roma, uma imitação como essa."

LXX

Nem bem eu tinha terminado a frase, quando Trimalquião acrescentou:

"Assim como quero que meu patrimônio (não minha barriga!) cresça, garanto a vocês que meu

* Manto pesado de inverno. (N.T.)

cozinheiro fez isso tudo de porco. Não há sujeito mais inventivo. Basta pedir e, de um útero, ele faz um peixe, de um toicinho, um pombo, de um presunto, uma rola, de uma almôndega, uma galinha. Por isso, graças à minha inteligência, foi dado a ele um nome belíssimo: chamam-no Dédalo. E porque tem um bom temperamento, eu trouxe para ele, de Roma, um presente: facas de ferro norico."

Ordenou imediatamente que as trouxessem e examinou-as admirado. E ainda nos deu a oportunidade de experimentar, na bochecha, a ponta afiada.

Mas eis que, bruscamente, entraram dois escravos que pareciam ter se desentendido perto do reservatório de água; o certo é que traziam ainda no ombro as ânforas. Ao anunciar, pois, Trimalquião o que se deveria fazer em relação aos que brigavam, nenhum dos dois acatou a sentença do juiz, e a ânfora alheia atacaram a golpes de bastão. Nós, assustados com aquela insolência de bêbados, dirigimos os olhos para os combatentes e logo distinguimos ostras e vieiras que despencavam do bojo das ânforas e que, recolhidas numa travessa, um rapaz fazia circular entre os convidados. Tais extravagâncias foram arrasadas pelo talentoso cozinheiro; numa grelha de prata, trouxe caracóis e, com uma voz entrecortada e hedionda, cantou.

Envergonha contar o que se seguiu: conforme um costume de que nunca se tinha ouvido falar, jovenzinhos de cabelos compridos trouxeram perfume numa bacia de prata, ungiram os pés dos que estavam nos leitos e, com pequenas grinaldas, cingiram-lhes as coxas e os tornozelos. E então uma quantidade considerável desse mesmo perfume foi vertida nas ânforas de vinho e nas lanternas.

Fortunata já se sentia pronta para dançar, Cintila aplaudia mais do que falava, quando Trimalquião disse:

"Filárgiro, permito que venha se acomodar à mesa, e Carião – apesar de você ser um famoso torcedor da equipe dos verdes –, e chame também sua esposa, Menófile."

Que mais se podia esperar? Por pouco não fomos lançados pra fora dos nossos leitos, à medida que escravos iam assenhoreando-se de todo o triclínio. Não pude deixar de notar, ocupando uma posição acima da minha e fedendo a salmoura e temperos, o mesmo cozinheiro que do porco fizera um pato. Tampouco se contentou ele de ficar ali reclinado, mas se pôs na mesma hora a imitar o ator trágico Éfeso e, em seguida, a desafiar o senhor com uma aposta:

"E se os verdes tirarem o primeiro lugar na próxima corrida?"

LXXI

Folgando com o desafio, Trimalquião disse:

"Amigos, os escravos são homens e beberam do mesmo leite que nós, ainda que a má sorte os tenha esmagado. Mas tendo eu palavra, não será difícil que provem o gosto da liberdade. Em suma, no meu testamento liberto a todos. A Filárgiro deixo terras e sua mulher. Do mesmo modo, a Carião deixo umas casas, os impostos da vintena, e umas cobertas. Faço, ainda, de Fortunata minha herdeira, e a recomendo a todos os meus amigos. E isso tudo eu anuncio publicamente, para que todos nesta casa já agora me amem tanto quanto se eu estivesse morto."

Todos se puseram a agradecer pela bondade do patrão, e ele, deixando de lado a brincadeira, mandou que trouxessem um exemplar do testamento e leu-o na íntegra, da primeira à última linha, diante dos escravos lacrimosos. Voltando-se depois a Habinas, perguntou:

"E o que você me diz, amigo? Vai erguer o meu monumento, da forma como prescrevi? Insisto que aos pés da minha estátua você pinte a minha cadelinha, e coroas de flores, e perfumes, e todas as lutas de Petraites, para que me caiba a sorte, graças ao seu serviço, de viver mesmo estando morto. Além disso, que a área toda tenha cem pés de largura e duzentos de profundidade. Quero que, perto das minhas cinzas, haja todo tipo de fruta, e muitas vinhas. Pois não tem cabimento habitar casas requintadas quando se está vivo, mas não cuidar daquelas onde devemos morar por muito mais tempo. E por isso quero afixado à frente de tudo: 'Este monumento não fica para herdeiro algum'.

"De resto, tomarei cuidado para que o testamento garanta que o morto não venha a ser ofendido. Colocarei, pois, um dos meus libertos em frente ao túmulo, com a incumbência de vigiá-lo, para que o povo não acorra e cague no monumento. E gostaria que você representasse as embarcações de velas enfunadas, cortando os mares, e eu sentado no tribunal, vestido de pretexta*, com cinco anéis de ouro, e lançando ao povo moedas de uma bolsa – pois você bem sabe que dei um festim presenteando cada convidado com dois denários. Se lhe parecer uma boa ideia, que seja representado um triclínio, o povo todo se alegrando! À minha direita, ponha uma estátua da minha Fortunata segurando uma pomba, e minha cadelinha cingida por uma fita, e o meu preferido, e ânforas bem providas e cobertas de gesso, para que não percam o vinho. E convém que você esculpa uma urna quebrada, e sobre ela um menino chorando. Um relógio no meio de tudo, para que qualquer um precisando consultar as horas, querendo ou não, leia o meu nome. O epitáfio também precisa ser feito com todo o cuidado, veja se este lhe parece adequado:

"Aqui jaz Gaio Pompeu Trimalquião Mecenaciano, a quem, afastado, foi concedido o sevirato. Embora pudesse estar em todas as decúrias de Roma, não o quis. Devoto, valente, fiel, se fez do nada, deixou trinta milhões de sestércios, sem ser discípulo de nenhum filósofo. Descanse em paz – você também!"

LXXII

Tendo dito isso, Trimalquião se pôs a chorar copiosamente. E chorava Fortunata, chorava Habinas, e por fim, como se tivessem sido convidados para um enterro, as lamentações de todos da casa inundaram

* Toga branca bordada de púrpura, usada por magistrados em cerimônias oficiais. (N.T.)

o triclínio. Até eu já começava a chorar, quando Trimalquião disse:

"Pois bem! Já que sabemos que um dia vamos morrer, porque não aproveitamos a vida? Quero vê-los felizes, vamos nos atirar na piscina. Assumo o risco; por causa disso, vocês não morrem: está quente como um forno."

"Verdade, verdade!", disse Habinas. "Aproveitemos o dia em dobro, nada mal!", e levantou-se de pés descalços, seguindo o alegre Trimalquião.

Voltei-me para Ascilto e perguntei:

"Que é que você acha? Eu, só de ver a água, sou capaz de ter um treco."

"Aceitemos o convite e, quando todos estiverem se dirigindo à sala de banhos, escapamos em meio à multidão."

Satisfeitos com aquela solução, com Gitão à frente, avançamos pelo pórtico até chegar à saída, onde o cão acorrentado nos surpreendeu com tamanho alvoroço que Ascilto acabou por cair na cisterna. Já eu, não menos embriagado, que temera até a representação do cão em pintura, querendo ajudar o que nadava, acabo tragado no mesmo redemoinho. Mas salvou-nos um guarda do átrio, que, intervindo, acalmou o cão e nos trouxe, já trêmulos, de volta à terra firme. Gitão, por sua vez, seguindo uma regra engenhosa, já comprara há tempo os favores do bicho: a cada latida, lançara a ele o que quer que tivesse recebido de nós durante o jantar, e o animal, ludibriado, acabara por engolir a raiva. De resto, já mortos de frio, ao pedirmos ao guarda que nos deixasse sair, ele disse:

"Estão muito enganados se acham que podem sair pela mesma porta pela qual entraram. Nunca nenhum dos convidados saiu por onde entrou; entram por uma porta, saem pela outra."

LXXIII

Que podíamos nós fazer, infelizes e presos naquele labirinto inaudito, a quem agora o maior desejo começava a ser banhar-se? Espontaneamente, pedimos ao guarda, pois, que nos conduzisse até a sala de banhos. Tiradas as roupas, que Gitão tratou de pôr para secar logo na entrada, seguimos para a estufa, estreita e similar a um reservatório de água gelada, na qual Trimalquião permanecia de pé. E não nos foi possível escapar de forma alguma à jactância afetadíssima dele. Dizia, pois, não haver nada melhor que se lavar longe da multidão, e que aquele lugar tinha sido em outra época um moinho. Depois, relaxado, sentou-se e, provocado pela acústica da sala, escancarou a bocarra embriagada quase à altura da abóbada, dilacerando canções de Menécrates, segundo explicavam os que entendiam a sua fala. O restante dos convidados corria de mãos dadas pela borda da piscina, fazendo ribombar suas gargalhadas com enorme estardalhaço. Ainda, alguns, com as mãos amarradas, tentavam juntar anéis do chão ou, de joelhos, curvar o pescoço para trás das costas e tocar a ponta dos dedões. Nós, enquanto os outros se divertiam com essas brincadeiras, afundamos na banheira preparada para Trimalquião.

Dissipada a nossa embriaguez, fomos conduzidos a um outro triclínio, em que Fortunata dera mostras da sua magnificência, de forma que pude observar, acima das lanternas, pescadores de bronze e, das mesas de prata maciça, entre cálices de barro dourados, vinho que escoava de um filtro. Disse então Trimalquião:

"Amigos, hoje um dos meus escravos fez a barba pela primeira vez, homem honesto e sem maldade, que vive de migalhas. Bebamos, pois, como esponjas, e que o banquete siga até o amanhecer."

LXXIV

Foi ele dizer essas coisas, e um galo cantou. Desnorteado com a toada, Trimalquião ordenou que fosse vertido vinho debaixo da mesa e lançado vinho puro até mesmo sobre a lanterna. Passou, ainda, o anel da mão esquerda para a direita, dizendo:

"Não a troco de nada, a trombeta soou. Ou vai ocorrer algum incêndio, ou na vizinhança alguém rendeu a alma. Sai pra lá, bicho ruim! Qualquer um que me traga aqui esse agourento recebe uma gratificação."

Antes de terminar de falar, foi trazido um galo que andava pela vizinhança, e Trimalquião ordenou ao cozinheiro que o preparasse numa panela de bronze. Despedaçado então pelo hábil cozinheiro, que pouco antes fizera, de um porco, aves e peixes, foi logo atirado na panela. E enquanto Dédalo agitava a poção fumegante, Fortunata moía pimenta num pilão de madeira.

Depois de consumidos esses acepipes, Trimalquião, voltando-se para os escravos, disse:

"Acaso vocês ainda não jantaram? Estão dispensados, e que outros venham cuidar do serviço."

Entrou então outra equipe, e aqueles exclamavam "adeus, Gaio", e esses "bom dia, Gaio".

Foi aí que o bom humor se turvou. Ao entrar, pois, entre os novos criados, um rapaz que não era feio, Trimalquião avançou sobre ele e deu-lhe um beijo demorado. E então, Fortunata, para provar seu direito legítimo à igualdade, se pôs a ofender Trimalquião, dizendo na frente de todos que era uma sordidez e uma vergonha, e que ele não sabia conter a libido. Por último, acrescentou:

"Cão!"

Diante da invectiva, Trimalquião, ofendido, atirou um copo no rosto de Fortunata.

Ela, como se tivesse perdido um olho, soltou um grito e aproximou as mãos trêmulas ao rosto. Assustou-se também Cintila, que acolheu junto ao seio a amiga agitada. E então um escravo, igualmente obsequioso, aproximou da sua bochecha uma jarrinha de água gelada, e Fortunata, inclinando-se sobre ele, se pôs a gemer e a chorar. Diante da cena, Trimalquião reagiu:

"O quê? Será que essa messalina tocadora de flauta não lembra de que tipo de espetáculo eu a resgatei? Graças a mim é gente. Mas infla-se como uma rã, e ainda por cima se esquece de cuspir no bolso.* Um cepo, não uma mulher! Mas é isso: quem nasce em puteiro, palacetes nem em sonho imagina. Pelo

* Com a expressão "infla-se como uma rã", Trimalquião refere-se à jactância da mulher – atitude que, ofensiva aos deuses e podendo desencadear a ira deles, deveria ao menos ser neutralizada por ela através do cuspe. (N.T.)

meu gênio protetor! Ainda trato de dar um jeito nessa Cassandra paladina. E eu, ai de mim, que podia valer dez milhões de sestércios. Você sabe que não minto. Agatão, o perfumista da dona da casa aqui ao lado, chamou-me para um canto e disse:

"– Que a tua raça possa durar pra sempre!

"Mas eu, ao querer agir de forma correta e não parecer leviano, acabei por dar uma machadada na própria perna. Tudo bem. Você ainda vai lutar com unhas e dentes pra me ter de volta. E para que perceba agora mesmo as consequências dos seus atos: Habinas, não quero a estátua dela no meu monumento, não quero ouvir reclamação depois de morto. Além disso, para que saiba o quanto posso ser ruim, que ela não me beije o cadáver."

LXXV

Depois daquela explosão, Habinas resolveu intervir para que ele pusesse de lado a raiva e disse:

"Ninguém aqui está livre de um tropeço. Somos homens, não deuses."

E o mesmo repetiu, chorando, Cintila, que, invocando o gênio de Gaio, pedia a ele que se acalmasse. Sem poder segurar mais as lágrimas, Trimalquião disse:

"Habinas, pelo amor das tuas economias, se agi mal, cospe-me na cara. Beijei esse honestíssimo rapaz não por causa de sua bela aparência, mas por ser um sujeito honrado: sabe fazer divisões até múltiplos de dez, num piscar de olhos lê um livro, com o salário diário montou seu uniformezinho de soldado da

Trácia e comprou sozinho uma cadeira de encosto abaulado e dois vasos de vinho. Não é justo que eu tenha reparado nele? Mas Fortunata proíbe. Então é assim que você quer, sua chineleira? Pois siga bem o meu conselho e vá cuidar do que é seu, ave de rapina. E não me faça ter de te arreganhar os dentes, rapariga: do contrário, vai conhecer minha cólera. Você já sabe: aquilo sobre o que uma vez me decido marcado está para acontecer. Mas o que importa é que a vida continua. Acalmem-se, amigos. Também já fui como vocês, mas aqui cheguei e por mérito próprio. O que importa é tomar a peito, o resto é conversa fiada. *Bom vinho escusa pregão.* Outros dizem outras coisas. Eu pulo de felicidade. E você, não parou de roncar grosso, por que é que continua chorando? Pois vou lhe dar motivo pra chorar de verdade. Mas como eu dizia, o que me conduziu à fortuna foi minha moderação. Na época em que vim da Ásia, eu era do tamanho desse candelabro. Em suma, diariamente eu me media com ele e, para que a barba me crescesse mais rápido, ungia os lábios com o óleo da lâmpada. Mas fui o preferido do meu senhor por quatorze anos. Não é vergonha fazer o que o senhor ordena. E eu satisfazia também a patroa. Vocês sabem bem do que estou falando, mas me calo. Não sou vaidoso.

LXXVI

"De resto, como era a vontade dos deuses, tornei-me o senhor da casa e passei a ser o cérebro do patrão. Que mais? Herdei seus bens tanto quanto César, e recebi um patrimônio digno de senador. Mas ninguém nunca está satisfeito. Quis porque quis tornar-me comerciante. Para não vos cansar, resumo: construí cinco navios, carreguei-os de vinho – que na época valia como ouro – e enviei a Roma. Vocês dirão que foi bem feito pra mim: os navios todos naufragaram. Uma fatalidade, o que conto não é lenda. Em um só dia, Netuno devorou trinta milhões de sestércios. Acham que me dei por vencido? Por Hércules, o prejuízo pra mim foi um tira-gosto! Não me fez nem cócegas. Construí outros, maiores, melhores e mais propícios, para que ninguém duvidasse da minha força. Vocês bem sabem: quanto maiores os navios, mais fortes eles são. Carreguei-os em seguida de vinho, toicinho, fava, perfumes e escravos. Daquela feita, Fortunata tomou uma atitude realmente piedosa: vendeu tudo que tinha de ouro, todas as suas vestes, e me entregou em mãos o equivalente a dez mil sestércios em moedas de ouro. Foi o fermento da minha fortuna. E tudo acontece sem demora, quando é a vontade dos deuses. Com uma única viagem, completei a quantia de dez milhões de sestércios. Imediatamente, comprei de volta todas as terras que tinham sido do meu senhor. Construí uma casa, comprei escravos, animais de carga; tudo em que punha a mão crescia como favo. Depois, quando aconteceu de eu ter mais que toda a minha pátria, tive de me conter: parei de atuar no comércio e passei a emprestar dinheiro a alforriados. Na verdade, apesar de eu não querer, fui encorajado a retomar meus negócios por um astrólogo que por acaso passava por nossa colônia – um grego, chamado

Serapas, conselheiro dos deuses. Me lembrou de coisas que eu mesmo já tinha esquecido e foi desfiando todos os assuntos. Enxergava até dentro das minhas tripas, mesmo se não chegava a adivinhar o que eu jantara na véspera. Era como se tivesse sempre morado comigo.

LXXVII

"Diga se não é verdade, Habinas, creio que você estava presente:

"– Tua esposa, a conseguiste por causa de certos interesses. Tu não tens muita sorte com amigos. Ninguém te retribui à altura os favores recebidos. Tu possuis grandes extensões de terra. Tu alimentas uma víbora debaixo da própria asa...

"E – o que me impede de dizer?! – segundo ele, me restam agora, nesta data, precisamente trinta anos, quatro meses e dois dias de vida. Além disso, logo devo receber uma herança. Foi o que disse o meu oráculo. E se chego a anexar as terras da Apúlia, então terei alcançado bastante nesta vida. Nesse meio-tempo, enquanto Mercúrio zela por mim, construí esta casa. Vocês bem sabem que era uma cabana e agora é um palacete. Tem quatro salas de jantar, vinte quartos, dois pórticos de mármore, uma série de adegas no piso superior, o quarto em que eu durmo, os aposentos dessa víbora, um excelente compartimento para o porteiro, aposentos para acolher viajantes. Em suma, Escauro, quando por aqui esteve, não quis se hospedar em nenhum outro lugar, apesar de ter disponível o teto hospitaleiro do pai perto da praia.

E há muitas outras coisas que agora mesmo mostro a vocês. Acreditem em mim: um asse chama outro asse, quem tem um sempre haverá de ter outro. Foi assim com este amigo de vocês: ontem rã, hoje rei. Enquanto isso, Estico, mostre a eles as vestes com que quero ser enterrado. Leve a eles o perfume, e uma provinha do vinho daquela ânfora, com que quero que lavem meus ossos."

LXXVIII

Estico não se demorou e trouxe ao triclínio uma mortalha branca e uma pretexta, e pediu que as tocássemos para ver como eram tecidas de boa lã.

E então, sorrindo, Trimalquião disse:

"Trate de cuidar, Estico, para que nem ratos nem traças se aproximem delas; do contrário, queimo você vivo. Quero estar magnífico no enterro, para causar uma boa impressão a toda gente."

Imediatamente, Trimalquião abriu o frasco de essência de nardo, nos ungiu a todos e disse:

"Que no futuro, quando eu estiver morto, me agrade tanto quanto vivo."

Ordenou ainda que servissem do vinho e disse:

"Provem-no, como convidados das minhas parentais."*

A coisa ficou de embrulhar o estômago, quando Trimalquião, chumbado da mais completa embriaguez, exigiu no triclínio outro concerto insólito, e

* Festas fúnebres comemoradas anualmente em homenagem aos mortos da família. (N.T.)

corneteiros, e recostou-se no extremo do leito sobre uma pilha de travesseiros e disse:

"Façam como se eu estivesse morto. Cantem alguma coisa bela."

A um só tempo, os corneteiros fizeram soar a sua toada fúnebre. E em especial um dos escravos do organizador de pompas – virtuosíssimo – trovejou com tanta força que deve ter alarmado a vizinhança. E assim, os vigilantes que faziam a ronda naquela área, concluindo que se tratasse de algum incêndio na casa de Trimalquião, imediatamente arrombaram a porta de entrada e, providos de água e machadinhas, desencadearam o maior pandemônio. Nós, diante da bela oportunidade, nos desculpamos com Agamênon e fugimos dali tão precipitados como se de incêndio real se tratasse.

LXXIX

Mas não tínhamos o apoio de nenhuma tocha que aparecesse pelo caminho enquanto vagávamos, nem o silêncio da noite já alta prometia o aparecimento da luz de algum transeunte. Sobrevinha a isso nossa embriaguez e nossa ignorância daqueles locais, que até em pleno dia seriam tenebrosos. E assim, embora, por quase uma hora, arrastássemos os pés ensanguentados por todo tipo de pedras pontiagudas e cacos pontudos de vasos quebrados, por fim nos desembaraçamos dali, graças à inteligência de Gitão. Por prudência, na véspera, com medo de se perder mesmo durante o dia, ele marcara de giz todos os pilares e colunas, e esses traços irromperam em meio à noite espessa, revelando-nos, com sua notável brancura, o caminho a seguir. Mas é verdade que não tivemos de suar menos ao chegar depois à hospedagem. É que a própria dona, uma velha, ficara por tanto tempo engolfando umas e outras com os hóspedes, que nem um raio a faria acordar, e talvez tivéssemos de passar a noite toda do lado de fora, não tivesse aparecido por ali, inesperadamente, um mensageiro de Trimalquião e suas ricas carruagens. Sem demora, e com estrondo, ele arrebentou a porta da hospedagem e nos fez passar pela abertura.

*

Que noite foi aquela, deuses e deusas,
que leito macio! Agarrados e aquecidos,
transvasamos aqui e ali, pelos lábios,
almas errantes. Adeus, inquietações
humanas. Assim, comecei a morrer.

É sem motivo que me regozijo. Pois enquanto eu – fraco do vinho – afrouxava as mãos chumbregadas, Ascilto, capaz de todos os ardis, afastou de mim o menino e levou-o para a sua cama. Depois de ter rolado muito livremente com um irmãozinho que não era seu, e que quer não percebia o dano quer o dissimulava, adormeceu em braços roubados, esquecido do direito dos homens. E assim eu, que desperto examinava atentamente meu leito despojado da alegria – se é que tem algum crédito a palavra dos enamorados –, revolvia no espírito a ideia de atravessar a ambos com o gládio, unindo o sono à morte. Em seguida, tendo optado por um plano mais prudente, despertei Gitão a chicotadas, ao mesmo tempo em que examinava Ascilto com um olhar ameaçador.

"Já que você", disse eu, "criminosamente violou a confiança e amizade em comum, recolha rapidamente suas coisas e vá procurar outro lugar onde possa chafurdar à vontade."

Ele não se opôs, mas depois que, muito honestamente, dividimos a rapinagem, disse:

"Agora só falta repartir o menino."

LXXX

Achei que, estando ele prestes a partir, aquele fosse seu último gracejo. Mas desembainhou o gládio parricida e disse:

"Você não vai gozar sozinho dessa presa, que subtraiu pra debaixo das suas garras. Exijo o meu pedaço e, se não for ouvido, arranco-o com o gládio."

Declarei o mesmo da minha parte e, depois de enrolar o manto em torno do braço, pus-me em posição de combate. No meio daquela sanha de dementes, o menino, sem saber o que fazer, chorava junto aos joelhos de um e de outro e suplicava, consternado, que a humilde taberna não visse o espetáculo fratricida de dois irmãos tebanos, e que não poluíssemos de sangue mútuo os mistérios de uma tão célebre amizade.

"Porque, se de qualquer forma", exclamava ele, "tem de haver um crime, eis aqui nua a minha goela, voltem as mãos para cá, afundem aqui a ponta dos gládios. Quem deve morrer sou eu, que destruí o laço sagrado da amizade."

Diante das súplicas, recolhemos as armas, e Ascilto foi o primeiro a dizer:

"Pra acabar de uma vez com esta discussão, que o menino mesmo siga aquele que escolher, e assim ao menos lhe fica garantida a liberdade de eleger o amigo."

Eu, que imaginava que a intimidade de longa data tivesse se convertido em pacto de sangue, não temi coisa alguma – pelo contrário, mergulhei imediatamente de cabeça naquela oportunidade e confiei a causa ao juiz. Esse sequer refletiu, para parecer que hesitava, mas imediatamente, ao final da minha fala, pôs-se de pé e escolheu Ascilto como amigo. Fulminado pela sentença, tal como estava, deixando cair o gládio, desabei no leito, e teria me dado cabo com as próprias mãos, não fosse a inveja que sentia da vitória do inimigo. Soberbo, carregando a presa, afastou-se Ascilto, e em terra estrangeira abandonou vencido aquele que, pouco antes, fora o seu mais estimado companheiro de armas, imagem refletida, capaz de enfrentar com ele a sorte.

Dita amizade, e assim, até onde serve, dura;
peão, em tabuleiro, traça um caminho instável.
Enquanto a sorte é favorável, mostrais o rosto, amigos;
quando ela vira, em vergonhosa fuga, dais as costas;

O rebanho monta a farsa debaixo do caramanchão;
de pai,
de filho, um é chamado; um outro é dito rico;

Assim que se vira a página das partes engraçadas, regressa o verdadeiro fantasma, o falso desaparece.

LXXXI

Não cedi, todavia, por muito tempo às lágrimas, e com medo de que, para completar, Menelau, um encarregado da escola, viesse a me descobrir sozinho ali na hospedagem, fiz as minhas trouxas e, aflito, aluguei um quarto numa habitação retirada, perto do litoral. Lá encerrado durante três dias, acossado novamente pela solidão e o desprezo, fustigava de mágoas o peito dolorido, e entre tantos e tão desanimados lamentos, proclamava:

"Por que não pode a terra em ruínas me engolir? Ou o mar, violento até com os inocentes? Acaso fugi à justiça, menti na arena, assassinei meu hóspede, para que, no meio de tantas conquistas, tivesse de – pobre, exilado – jazer abandonado numa hospedagem de uma cidade grega? E quem me infligiu esse isolamento? Um adolescente, corrompido por todos os vícios e que confessava ele mesmo dever ser banido. Livre e respeitado, graças ao estupro! Cujos anos de juventude eram vendidos a tíquetes. Que convinha como menina àqueles que o tomavam por homem. E que dizer do outro? Em dia de usar toga, vestia estola, convencido pela própria mãe de que não era homem. Na prisão, fez papel de mulherzinha. E depois de confundir isso tudo, preocupado apenas com a própria libido, abre mão do valor de uma velha amizade e – vergonha! – tal como mulher despudorada, pelo gozo de uma única noite, liquida tudo. Dormem agora os amantes entrelaçados todas as noites e, talvez, esfolados pelas obscenidades mútuas, zombem do meu abandono. Mas não impunemente. Ou não sou nem homem nem livre, ou lavo a injúria sofrida no sangue dos culpados."

LXXXII

Dito isso, sinto o gládio ao meu lado e, para que a fraqueza não pusesse a perder a minha campanha, faço crescer as forças com fartas refeições. Depois, precipito-me em meio à multidão e, desvairado, inspeciono todos os abrigos. Mas, nesse meio-tempo, enquanto, com o olhar delirante e selvagem, não penso senão em sangue e carnificina e levo a mão frequentemente ao punho do gládio, que eu encantara, eis que se dirige a mim um soldado – certamente também bandido ou sicário da noite:

"De quem você é companheiro de armas? É de que legião, de que centúria?"

Posto que, muito tranquilamente, eu inventasse o nome de uma centúria e de uma legião, ele perguntou:

"Permite-se, pois, no seu exército, que os soldados circulem por aí de *phaecasia*?"*

Dado que então o meu rosto e perturbação denunciassem a minha mentira, ele me mandou entregar as armas e ir tomar jeito. Assim esbulhado, ou melhor, com a vingança abreviada, dirijo-me de volta à hospedagem e aos poucos, acalmando-se o meu desatino, me ponho a dar graças à ousadia do bandido.

---

* Espécie de calçado grego. (N.T.)

Não bebe das águas, nem colhe os frutos suspensos
Tântalo, infeliz, que os votos inquietam.
Esse será o espectro do mais fértil: faz tudo transbordar
Aquele que teme e, à margem, amadureceu na boca a fome.

Não convém dar tanto peso às resoluções, pois a sorte segue suas próprias regras.

LXXXIII

Fui parar numa galeria com vários tipos extraordinários de quadros. Vi alguns pintados pela mão de Zêuxis, não arruinados ainda pela passagem impiedosa do tempo, e toquei – não sem experimentar certo horror – esboços de Protógenes que rivalizavam com a verdade da própria natureza. Pude venerar também um verdadeiro Apeles, que os gregos chamam μονόχρωμον. Os delineamentos dessas imagens eram de tamanha sutileza que se podia imaginar que as figuras fossem animadas. De um lado, uma águia em pleno voo carregava pelos céus a presa do Ida*, de outro, o imaculado Hilas repelia Náiade, dissoluta. Apolo censurava suas mãos criminosas e adornava a lira quebrada com um rebento de flor. E entre os olhares daquelas figuras de amantes, desamparado, eu exclamava:

"E então o amor afeta até mesmo os deuses! Não foi no céu que Júpiter encontrou aquilo que procurava, mas, ao tropeçar na terra, nem por isso feriu

* Monte da Frígia, em que teria ocorrido o rapto de Ganimedes. (N.T.)

ninguém de injustiça. A ninfa que arrebatou Hilas teria moderado a paixão, se viesse a pensar no interdito de Hércules. Apolo fez voltar a sombra do menino em uma flor, e por isso laços de afeição sem igual estão presentes em todas as lendas. A mim, todavia, coube a união com hóspede mais cruel que Licurgo."

Mas eis que, enquanto eu chorava as mágoas aos quatro ventos, entrou na galeria um velho de cabelos brancos, semblante revolto, que parecia prometer não sei o que de grande, sem ter por isso uma aparência empolada, de forma que facilmente se notava ser ele daquela espécie de literato que os ricos costumam odiar. Parou então ao meu lado.

"Sou poeta", disse ele, "e de considerável talento, assim espero, se se pode dar crédito às coroas, que mesmo a basbaques costumam ser concedidas, como troca de favores. Você deve, pois, estar se perguntando por que me visto de forma tão despojada. Por isso mesmo. A paixão pelo mundo do espírito jamais enriqueceu ninguém.

"Quem ao mar dá crédito, enorme ganho colhe
para si;
quem deseja batalhas e fortificações, é cercado de ouro;
o vil bajulador jaz embriagado, condecorado de
púrpura,
e quem alicia mulheres casadas, tropeça em despojos.
Só o talento treme com os farrapos cobertos de geada,
e todavia, com a língua seca, conclama virtudes
agrestes.

LXXXIV

"Sem dúvida, é assim: se alguém, inimigo de todo o vício, se põe a seguir na vida uma senda soberana, em primeiro lugar, por causa da diferença de costumes, atrai para si o ódio: quem, pois, é capaz de apreciar o que destoa? Além disso, os que só se preocupam em acumular riquezas não querem que entre os homens se acredite haver nada de melhor do que aquilo que eles próprios têm. E assim hostilizam como podem os que se dedicam ao cultivo das letras, para que até eles sejam vistos diminuídos com relação às suas posses."

[...]

"Não sei como a inteligência é irmã da pobreza."

[...]

"Gostaria que o inimigo da minha frugalidade fosse afável a ponto de poder ser acalmado. Mas é um velho mercenário que dá aula até mesmo aos traficantes de escravos."

[...]

LXXXV

[Eumolpo]

"Quando, para a recolha de uns impostos, fui enviado à Ásia pelo questor*, acabei sendo recebido como hóspede em Pérgamo. Habitando lá de boa vontade, não apenas por causa da elegância dos vários cômodos, mas também por causa do filho belíssimo

* Magistrado romano encarregado do dinheiro público e investigações criminais. (N.T.)

do meu anfitrião, pensava num jeito do pai não desconfiar do meu interesse pelo jovem. Todas as vezes em que, pois, durante uma refeição, falava-se do costume de se ter intimidade com belos discípulos, encolerizava-me de tal maneira, recusava com tão indignada tristeza que violentassem meus ouvidos com tamanhas indecências, que a mãe, principalmente, já me tomava por algum filósofo. E então aconteceu que comecei a acompanhar o rapaz ao ginásio, a organizar seus estudos, a lhe dar lições e educar, evitando assim que algum aliciador se infiltrasse na casa.

"Certa vez, porque o dia de festa abreviara as aulas e o divertimento continuado nos deixara com preguiça de voltar pra casa, recostados no triclínio, quase já à meia-noite, percebi que o menino estava ainda acordado. Então, dirigindo-me a ele muito discretamente eu disse:

"– Deusa Vênus, se beijo agora esse menino, de forma que ele não sinta nada, dou a ele amanhã um casal de pombos.

"Tendo ouvido a recompensa que caberia ao favor, o menino começou a ressonar. Então, depois de me acercar do mentiroso, avancei sobre ele, dando-lhe inúmeros beijinhos. Satisfeito com aquele começo, levantei-me de manhã cedo e levei a ele, que aguardava ansioso, um excelente par de pombos, cumprindo a minha promessa.

LXXXVI

"Na noite seguinte, apresentando-se a mesma oportunidade, mudei a oferta e disse:

"– Agora, se o apalpo descaradamente, e ele não sentir nada, dou àquele que assim obedece dois excelentes galos de briga.

"Diante da promessa, o adolescente espontaneamente se aproximou, depois de ter receado, imagino, que eu pudesse cair no sono. Vali-me, pois, da sua agitação e me regalei – sem com isso chegar ao ápice da volúpia – com seu corpo todo. E depois, chegando o dia seguinte, levei a ele, que aguardava feliz, aquilo que prometera. Na terceira noite, em um momento oportuno, corri ao ouvido do que jazia acordado e disse:

"– Deuses imortais, se arranco, até o gozo, os tampos desse que jaz aí dormindo, então, pela felicidade alcançada, amanhã dou ao menino um excelente potro da Macedônia, desde que, todavia, ele nada sinta.

"Nunca adolescente algum dormiu sono tão profundo. E então primeiro fartei as mãos na seiva dos seus mamilos, depois grudei-lhe um beijo, e em seguida singrei, de uma só vez, todos os desejos. De manhã, sentou-se e esperou de mim aquilo com que já estava acostumado. Mas é bem mais fácil, como você bem sabe, comprar pombos e galos que um potro das Astúrias. Além disso, eu temia que um presente tão exótico fizesse com que desconfiassem da minha generosidade. E assim, depois de um passeio de algumas horas, voltei ao teto hospitaleiro e não fiz mais nada senão dar um beijo no menino. Mas ele, olhando ao redor, atrelou os braços ao meu pescoço e disse:

"– Diz mestre... onde está o potro?

LXXXVII

"Então ainda que, por causa dessa ofensa, eu tivesse barrado o acesso que a mim eu antes franqueara, acabei me encontrando novamente à solta. Decorrendo, pois, alguns dias, como uma ocasião semelhante nos brindasse com a mesma oportunidade, quando percebi que o pai ressonava profundamente, pus-me a rogar ao adolescente que voltasse a estar de acordo comigo, isto é – que me permitisse fartá-lo de satisfação e tudo mais que me ditava o desejo inflamado. Todavia, visivelmente irado, ele não fazia outra coisa senão repetir:

"– Ou você dorme, ou agora mesmo eu conto tudo ao meu pai.

"Mas não há dificuldade totalmente fora do alcance do atrevimento, e justamente enquanto ele dizia:

"– Vou acordar meu pai... – fui me arrojando e acabei por arrancar o gozo de quem fingia resistir.

"Sem se acanhar diante do meu ardil, depois de longa censura por ter sido enganado e exposto ao ridículo diante dos colegas, a quem se gabara da minha riqueza, ele disse:

"– Mas veja bem que não sou igual a você. Se tem vontade de fazer de novo, então faz.

"Eu, enterrando de vez toda ofensa, voltei a ficar de acordo com ele e, graças ao proveito assim tirado, caí no sono. Mas o adolescente – no ápice do seu desenvolvimento, numa idade em que muito se anseia dar – não se satisfez com a repetição. Excitou-me enquanto eu estava adormecido e disse:

"– Você não quer mais?

"A oferta não era de todo desagradável, claro. E assim, moído de tanto suar e arquejar, aceitei ainda aquilo que queria e, completamente extenuado, desabei de volta na cama. Passada nem uma hora, ele se pôs a me atormentar com a mão, dizendo:

"– Por que não fazemos de novo?

"Então eu, depois de acordado tantas vezes, perdi de vez, é claro, a paciência e devolvi a ele suas próprias palavras:

"– Ou você dorme, ou agora mesmo eu conto tudo ao seu pai."

LXXXVIII

Animado com a história, resolvi valer-me de sua maior competência para saber a idade dos quadros e no que consistiam alguns temas, para mim obscuros, e também a causa da indolência da época, que botava a perder as belas-artes – dentre elas a pintura, que não deixava para trás sequer um vestígio do que fora. E ele:

"Foi a paixão pelo acúmulo que instituiu essas mudanças. Nos tempos de outrora, quando ainda se apreciava aquilo que de si é valoroso, as artes brotavam do próprio chão e a disputa suprema entre os homens era desvelar o que jazia a proveito. E assim Demócrito extraiu o sumo de todas as ervas, e para que a força de nenhuma pedra ou sarça permanecesse oculta, passou a vida toda fazendo experimentos. Também Eudoxo envelheceu no topo dos montes mais excelsos, para entender o movimento dos astros e da abóbada celeste, e Crisipo, para conseguir chegar mais perto da sua descoberta, varreu os fantasmas da mente três vezes com heléboro. Para voltar às artes plásticas, é verdade que Lisipo, obcecado com os detalhes de realização de uma única escultura, morreu na pobreza, e Míron, que quase chegara a encerrar almas de homens e feras no bronze, não encontrou sucessor. Mas nós, afundados em vinho e prostituição, nem mesmo as artes fáceis temos a audácia de conhecer e, detratores dos tempos passados, aprendemos e ensinamos vícios. O que aconteceu com a dialética, com a astronomia, com a via promissora da sabedoria? Quem é que ainda vai ao templo e faz votos para alcançar o dom da palavra? Para descobrir a fonte da sabedoria? Não pedem nem mesmo boa disposição e boa saúde. Imediatamente antes de chegar à entrada do Capitólio, um promete fazer oferenda se enterrar um parente rico, outro, se desenterrar um tesouro, outro, se viver com saúde até ver completar os seus trinta milhões de sestércios. O próprio senado, que nos dá lição de bondade e justiça, costuma oferecer ao Capitólio mil libras de ouro e, para que ninguém duvide do quanto o dinheiro é cobiçado, até a Júpiter ele tenta granjear com suas economias. Não fique, pois, admirado, se a pintura se extinguiu, quando todos – deuses e homens – acham mais bela uma barra de ouro do que qualquer coisa que tenham feito Apeles ou Fídias, esses gregos tresvariados.

LXXXIX

"Mas vejo você absorvido por esse quadro que mostra a tomada de Troia. Vou tentar, então, em versos, desvendar pra você a obra:

"Já a décima ceifa assediava os frígios, tristes
entre pressentimentos equívocos, e pendia sinistra
a palavra dúbia do adivinho Calcas,
quando – falando o deus de Delos – cortados
são arrastados os cimos do monte Ida, e fendidos
caem em massa os carvalhos: cavalo ameaçador.
Abre-se uma enorme gruta e cavam-se canais
capazes de tragar acampamentos. Dissimula-se lá,
de uma sanha de dez anos, a bravura, apertam-se
prenhes os gregos em retirada, escondem-se na oferenda.
Oh pátria! Pensamos já distantes as mil naus,
a terra livre da guerra – por isso a inscrição
no animal gravada, por isso, inclinado à nossa ruína,
confirmava Sínon a mentira eficaz ao castigo.
Pelos pórticos, a multidão, a cumprir seus votos,
livre da guerra, se precipita. As faces derramam
pranto, tem lágrimas o júbilo da mente aterrada.
Expulsou-as, contudo, o medo: sacerdote de Netuno,
Laocoonte, cabelos revoltos, cumula, de um grito,
todo o vulgo. Aponta, brandindo, sem demora,
o tridente para o útero. Mas as mãos retarda o fado,
o golpe encurta, e os erros aumentam a confiança.
Outra vez, pois, firma a mão fraca, e fundo
nos flancos penetra a machadinha. Dentro, cativos

fremem os soldados, murmura a massa de carvalho
– exala um estranho medo.
Lá ia capturada a juventude, quando capturou Troia,
e com velhacaria nova tomava de assalto a guerra toda.

E outros prodígios: por onde a excelsa Tênedos os mares
cumulou com sua encosta, ergue-se agitação soberba e,
dissimulada na calmaria, a onda esgarrada ecoa –
tal como, na noite silenciosa, o barulho dos remos
de longe é repetido, quando se estreitam pelo mar as frotas
e impelida pelas naus frementes geme a superfície marmórea.
De volta olhamos: lançam as ondas, aos penedos,
serpentes gêmeas enlaçadas, cujos ventres túrgidos
levantam – como naus – altas paredes de espuma.
A cauda produz ruído, as cristas, livres do vagalhão,
conspiram com as luzes, o brilho do raio a planície
líquida faz chispar, e com os silvos vibram as ondas.
Pasmaram-se as mentes. Estavam ali, com as sacras
bandas e o aparato frígio de culto, os filhos gêmeos
de Laocoonte. Aos quais de súbito, pelas costas,
se aferram as serpentes cintilantes. As párvulas mãos
à boca remetem, nenhum em auxílio próprio, um
e outro pelo irmão; difere os destinos a piedade
e recíprocos, míseros de medo, a morte mesma destrói.
Eis que, auxiliar infirme, aos cadáveres dos filhos
cumula-se o pai. Alimentadas já de morte o homem

invadem e puxam os membros ao chão.
Jaz o sacerdote entre os altares, e a vítima
o chão lamenta. E assim há de perecer, os cultos
profanados, Troia – que primeiro perde os deuses.
Já a plena Febo propalara seu brilho alvo,
atraindo com face radiante os astros menores,
quando – entre os Priâmides na noite e no vinho
sepultos – os gregos soltam a trava, derramam homens.
Com armas brandem-se os generais, assim como,
livre do nó do jugo, costuma sacudir, diante da corrida,
cabeça e soberbas crinas o cavalo da Tessália.
Retomam os gládios, impelem com a mão os escudos,
ganham a guerra. Aqui, degola os que jazem de vinho
entorpecidos, e dá continuidade, na morte extrema,
ao sono; ali acende outro dos altares as tochas,
e contra Troia invoca os deuses troianos."

XC

A partir daqui, uns que avançavam pelo pórtico atiraram pedras em Eumolpo, que continuava a recitar. Mas ele, que já se acostumara a receber aplausos por seu talento, cobriu a cabeça e fugiu para fora do templo. Tive medo que me tomassem por poeta. E então, atrás daquele que fugia, fui dar na praia e logo que, fora de alcance dos projéteis, foi possível parar, eu disse:

"O que é que você quer com essa doença? Não faz nem duas horas que você me acompanha. Durante esse tempo falou mais como poeta que como gente. Não me admira que o povo o persiga a pedradas. Até eu vou encher o bolso de pedras, para fazer-lhe sangrar pela cabeça, toda vez que sair de si."

Impressionado, ele disse:

"Ah, meu jovem! Não é de hoje que sou consagrado por esses auspícios. Pelo contrário, todas as vezes em que recito algo no teatro, a multidão costuma me cumular de boas-vindas. De resto, para que eu não tenha também por que brigar com você, me abstenho o dia todo desse regalo."

"Bem!", disse eu, "se você, por hoje, abdica da fúria, então jantamos juntos."

Peço ao responsável pelos quartos o obséquio de uma pequena ceia.

XCI

Vejo Gitão, segurando panos de linho e esponjas, apoiado à parede, triste e confuso. Era visível que ele não fazia aquilo de boa vontade. Então, a fim de comprovar o que pelos olhos eu supunha, fui até ele...

Voltou para mim o rosto tomado de alegria e disse:

"Por favor, amigo. Onde não há armas, posso falar livremente. Arranca-me das mãos daquele salteador de estrada sanguinário e pune com todo o rigor o teu juiz que agora se arrepende. Vai ser uma enorme consolação para o infeliz morrer pela tua vontade."

Mandei que desse fim à lamúria, para que ninguém viesse a surpreender nossos planos, e depois de deixar Eumolpo – que recitava um canto no banho público – arrasto Gitão por uma passagem imunda e tenebrosa, e às pressas voo para o meu abrigo. Uma vez fechadas as portas, apodero-me da sua alma num abraço, e seu rosto banhado de lágrimas esmago de encontro à minha fronte. Por um bom tempo, nenhum dos dois soube o que dizer, pois já o menino seu tronco delicado fizera sacudir com intensos soluços.

"Ultraje vergonhoso", eu disse. "Ainda que deixado, continuo gostando de você. E neste peito, por mais imenso que tenha sido o talhe, não resta cicatriz. E você? Como foi dar consentimento a um amor peregrino? Merecia eu essa afronta?"

Depois de perceber como era amado, empinou a sobrancelha.

*

"A sorte desse amor não entreguei a nenhum outro juiz. Mas, se você se arrepende de verdade, não faço mais nenhuma exigência, não guardo nenhuma mágoa."

Então, como entre esses lamentos eu derramasse também umas lágrimas, limpou meu rosto com o manto e disse:

"Mas por favor, Encólpio, pensa bem... Fui eu que te deixei? Acaso não foi você que me colocou à disposição? Sem dúvida confesso, admito sem rodeios: ao ver os dois de arma em punho, refugiei-me junto ao mais forte."

Depois de cobrir de beijos aquele peito pleno de sabedoria, lancei as mãos ao redor do seu pescoço e, para que ele não tivesse dúvidas do quanto eu aceitava de volta, agradecido e confiante, a amizade que renascia, esmaguei-o de encontro ao meu tórax.

XCII

Era já noite feita e a mulher encarregada do jantar cuidara de tudo quando Eumolpo bateu à porta. Pergunto:

"Estão em quantos?", e aproveito para espiar atentamente pela fresta o que acontecia do lado de fora, no caso de Ascilto vir junto. Quando vi que meu hóspede estava só, imediatamente o deixei entrar. Ele, quando se atirou no catre e percebeu a presença de Gitão que servia à mesa, impressionado, disse:

"Seja bem-vindo o Ganimedes. Hoje convém me arrumar para o jantar."

Não me caiu bem aquele atrevimento indiscreto, e temi estar recebendo em casa como amigo um novo Ascilto. Eumolpo se aproximou e, quando o menino serviu a ele uma bebida, disse:

"Prefiro você a todos os que estavam no banho público".

Depois de virar avidamente o copo, acrescentou que nunca um banho lhe fora tão desagradável:

"Enquanto me banhava, por pouco não fui açoitado, porque tentei recitar um canto aos que estavam sentados ao redor da piscina. E depois de ter sido expulso não apenas da piscina como do anfiteatro, me pus a dar voltas por todos os cantos e a clamar em altos brados o nome de Encólpio. Do outro lado, um jovem nu, que perdera a roupa, manifestando aos berros indignação não menor que a minha, imprecava:

"– Gitão! Gitão!

"E, todavia, enquanto uns meninos, como se eu fosse algum demente, zombaram de mim com arremedos petulantes, dele uma enorme multidão se acercou, em circunspecta admiração. Tinha, pois, entre as pernas um badalo tão grande que perto dele o próprio homem parecia um fardinho de trapos. Que talento! Imagino que o que empreenda de véspera no dia seguinte todos deem por acabado. E, assim, imediatamente encontrou ajuda. Não sei bem, pois, que cavalheiro romano – dizia-se que de má reputação – envolveu o desvairado no próprio manto e afastou-se com ele, para, creio eu, sozinho, dar vazão à imensa riqueza. Quanto a mim, nem mesmo a roupa teria conseguido pegar de volta se não apresentasse um fiador. E é assim que, para resolver uma pendenga, vale mais polir o talo que o talento."

Enquanto Eumolpo ia contando essas coisas, a expressão do meu rosto se alterava o tempo todo, radiante com a desdita do meu amigo, mas também aborrecido por causa da sua desenvoltura. Mas de qualquer forma agi como se nada soubesse daquela história, não disse uma palavra e fiz servirem o jantar.

[...]

XCIII

"O convencional tem pouco valor, e a alma, à sombra da ilusão, exalta o que não tem regra.

"Ave do rio Fásis, buscada na Cólquida,
e aves africanas agradam o paladar,
porque não são comuns: mas o ganso branco
e a vistosa pata de penas coloridas
tem um gosto trivial. O sargo arrastado
das praias mais distantes e o cultivado em Sirtes,
se obtidos em naufrágio: aprecia-se –
um simples peixe ruivo pesa. A amante vence
a esposa. A rosa teme a canela.
Tudo que é procurado é tido como excelente."

"É assim que cumpre o prometido, de hoje não compor versos?", perguntei. "Poupe ao menos a nós, que nunca o apedrejamos. Se algum dos que vem beber nesta mesma hospedagem farejar a sua reputação de poeta, vai inflamar a vizinhança inteira e esmagar-nos os três pelo mesmo motivo. Tenha piedade, pensa no que aconteceu na galeria e no banho público."

Menino educadíssimo, Gitão repreendeu-me por falar daquela forma e disse que eu não agia bem ao injuriar um ancião e que, esquecido das minhas obrigações de anfitrião, num mesmo gesto eu virava, por causa da afronta, a mesa que, como manda a boa educação, eu servia – e mais outras tantas palavras de pudica moderação que se adequavam perfeitamente à sua figura.

XCIV

[Eumolpo para Gitão]

"Bendita a mãe que pariu você assim: que a bravura dela o acompanhe! Fez uma excepcional mistura de beleza e inteligência. E não pense que deitou a perder todas essas palavras: você ganhou um admirador. E vou multiplicar os seus méritos nos meus cantos. Serei o seu preceptor e protetor e o seguirei mesmo onde você não me autorizar. Não se pratica assim nenhuma injustiça contra Encólpio: ele ama outro."

Também se beneficiava Eumolpo do guarda que me levara o gládio, do contrário, aquele assomo que eu experimentara diante de Ascilto, eu o teria lavado no sangue do poeta. Meu ímpeto não escapou a Gitão, que marchou para fora do quarto, como se fosse buscar água, e com aquela saída oportuna extinguiu minha raiva. E assim, conforme foi baixando a minha exaltação, eu disse:

"Eumolpo, eu prefiro até que você se expresse em versos do que faça propostas desse tipo. Sou um sujeito irascível, e você um devasso, temperamentos que, como pode ver, não podem andar juntos. Faça de conta, pois, que eu seja um louco furioso e se convença bem disso, quer dizer: dê no pé o mais rápido possível."

Sem conseguir entender a declaração, Eumolpo não questionou a causa do meu súbito mau humor. Depois de retirar-se imediatamente da cela, puxou de repente a porta atrás de si, me fechou do lado de dentro – eu que não esperava por nada daquilo – e, às pressas, levando consigo a chave, correu atrás de Gitão a fim de perscrutá-lo.

Encerrado, decidi dar cabo da vida por enforcamento. E eu já atrelara um cinto a uma armação de leito que erguera de encontro à parede e atava um nó ao pescoço quando, abertas as portas, entra Eumolpo acompanhado de Gitão e, da divisa da morte, me traz de volta à vida. Antes de tudo, Gitão, levado da aflição à raiva, solta um grito e, empurrando-me com as duas mãos, faz-me cair sobre a cama.

"Você muito se engana, Encólpio, se acha que vai ter a sorte de morrer antes de mim. Já fiz isso antes. Quando estava com Ascilto, saí em busca de um gládio. Se você eu não reencontrasse, teria me atirado de um precipício. E para que saiba que a morte não está longe dos que a procuram, assista você mesmo ao espetáculo que quis me obrigar a ver."

Dito isso, ele apanha uma navalha do criado de Eumolpo e, de uma vez por todas, golpeado duas vezes o pescoço, desaba aos nossos pés. Atônito, solto um grito e, seguindo aquele que caíra, busco um atalho pra morte através da mesma lâmina. Mas nem Gitão, sem qualquer sinal de corte, fora ferido, nem eu sentia dor. O estojo guardava uma navalha cega e de ponta embotada, das que se deixam à audácia dos aprendizes de barbeiro. E por isso nem o criado se assustara com aquele arrebatamento, nem Eumolpo interrompera a pantomima.

XCV

Enquanto era representada essa farsa amorosa, chegou o estalajadeiro com o restante do jantar e, depois de observar o estado de vergonhosa agitação dos que ali estavam, disse:

"Por acaso estão bêbados, são escravos em fuga ou as duas coisas? Mas quem foi que ergueu aquele catre, pretendem esconder o que no meio dessa bagunça? Por Hércules, acaso para não pagar pelo quarto pensaram todos em dar no pé no meio da noite? Mas não impunes: já faço vocês saberem que aqui não é a casa da sogra, mas de Mário Manício!"

"Então você vem nos ameaçar?", exclamou Eumolpo e fez estalar em cheio a palma da mão no rosto do homem. Ele, que tantas bebera livremente entre os hóspedes, atirou um pote de barro na cabeça de Eumolpo, abriu-lhe a testa e, deixando esse aos gritos, escapou para fora do quarto. Eumolpo, furioso com o golpe, apanhou um candelabro de madeira, foi atrás do que fugia e, com uma profusão de pauladas, vingou a crista. Acorreram os empregados da casa e uma multidão de embriagados. Mas eu, dada a oportunidade de me vingar, fechei Eumolpo do lado de fora e, pagando o meu antagonista de uma vez por todas e na mesma moeda, dispus do quarto e da noite sem ter de dar-lhe satisfação.

Enquanto isso, cozinheiros e locatários espancavam o excluído, e um fazia brandir bem diante dos seus olhos um espeto cheio de vísceras, e outro, com uma forquilha apanhada na despensa, punha-se em posição de combate. Mormente, uma velha de olhos inflamados, vestida num pano imundo, calçando umas sandálias desemparelhadas, arrastou por uma corrente um cão de tamanho descomunal e o atiçou contra Eumolpo. Mas ele, valendo-se do candelabro, fazia frente a todos os perigos.

XCVI

Víamos tudo por uma fresta que, com o rompimento do gancho do postigo, se abrira na porta um pouco antes, e eu aplaudia os golpes que ele levava. Mas Gitão, que já não podia continuar insensível ao sofrimento alheio, achava que era preciso abrir a porta e socorrer quem estava em perigo. Eu, implacável por causa da raiva, não contive a mão e lasquei um cascudo na cabeça do caridoso. E ele então chorando foi se sentar na cama. Eu, todavia, alternava diante da fresta um e outro olho, me fartava da desdita de Eumolpo como de uma refeição e aconselhava-o a ir buscar ajuda em algum tribunal. Nisso, o administrador Bargates, tirado de casa no meio do jantar, foi conduzido numa liteira ao local da briga por dois escravos, pois uma doença lhe atacara os pés. Depois de, num tom arrebatado e usando uma linguagem bizarra, fazer uma longa peroração contra os bêbados e os escravos fugitivos, ele se voltou a Eumolpo e disse:

"Oh! Dentre os poetas, não era você o mais hábil? E por que é que não se apressam a se dispersar esses servos completamente inúteis, nem desistem da briga? Minha mulher deu pra me desdenhar. Então, se você gosta de mim, maldiga ela em versos, para que tenha vergonha."

XCVII

Enquanto Eumolpo e Bargates conversavam num canto, entrou na hospedaria um arauto com um escravo público e outro grupo bem pequeno de pessoas e, agitando uma tocha que lançava mais fumaça do que luz, proclamou:

"Um menino se perdeu há pouco, no banho público, com cerca de dezesseis anos, cabelos encaracolados, delicado, bonito, de nome Gitão. Se alguém se dignar a devolvê-lo ou indicar seu paradeiro, vai ser recompensado em mil sestércios."

Perto do arauto estava Ascilto. Envolto num manto colorido, ele exibia numa travessa de prata a denúncia e a garantia. Mandei Gitão ir imediatamente para debaixo do catre e prender os pés e as mãos nas faixas de tecido que amarravam o colchão na armação, para que, assim como Ulisses outrora se prendera a um carneiro, estendido debaixo do catre, ele se esquivasse das mãos dos que procuravam por ele. Gitão não hesitou à ordem e num instante passou as mãos pelas ataduras e superou Ulisses na própria astúcia. Eu, para desviar as suspeitas do local, cobri a minha cama com os lençóis e cobertas e os arrumei de forma a deixar o vestígio do corpo de um homem do meu tamanho.

Enquanto isso, Ascilto, depois de percorrer todos os quartos acompanhado do oficial, veio até o meu e aí, precisamente, encheu-se de esperança ao dar com as portas cuidadosamente aferrolhadas. Inserindo uma machadinha na junta das portas, o escravo público afrouxou as trancas. Prostrei-me aos joelhos de Ascilto e pedi, pela memória da nossa amizade e pelas adversidades juntas enfrentadas, que ao menos me permitisse ver nosso irmão. E para que minhas preces fingidas tivessem mais crédito, eu disse:

"Eu sei, Ascilto, que você veio aqui para me matar. Do contrário, porque trazer as machadinhas? Então sacia de uma vez a raiva: eis o meu pescoço, faz verter o sangue que, por meio desses pretextos, você realmente busca."

Ascilto pôs de parte toda hostilidade e garantiu não buscar mais nada exceto o seu fugitivo. Não queria a morte de homem algum, muito menos desse que estava prostrado diante de si, a quem, depois de uma trágica briga, continuava a estimar muitíssimo.

XCVIII

Mas o escravo público não se deixou amolecer tanto, meteu por debaixo do leito uma vara que arrebatara do taberneiro e perscrutou por tudo, até os buracos das paredes. Gitão subtraía o corpo aos golpes e, reduzindo a respiração ao mínimo, chegava a encostar com a boca os percevejos do colchão.

*

Eumolpo, todavia, porque as portas quebradas não podiam mais impedir a passagem de ninguém, entrou agitado e disse:

"Acabo de ganhar mil sestércios. Vou agora mesmo em busca do arauto que está de saída e, como é justo, denuncio que Gitão está com você!"

Agarro-me aos joelhos daquele que permanecia impassível, rogando-lhe para não dar cabo de dois condenados, e digo:

"Seria justo você se exaltar se pudesse mostrar o que alega. Mas o rapaz fugiu para o meio da multidão, e não faço a menor ideia para onde. Por favor, Eumolpo, recupere o menino e, se for essa a sua vontade, devolva-o a Ascilto."

Quando o estou convencendo dessas coisas, Gitão, que já não aguentava mais conter o fôlego, solta três espirros consecutivos e chega a sacudir o catre. Depois de se voltar na direção do barulho, Eumolpo deseja-lhe saúde e, removido o colchão, descobre Ulisses, que até mesmo um ciclope faminto poderia poupar. Voltando-se na hora para mim:

"O que é que significa isso, seu ladrão? Nem pego em flagrante você se dignou a me contar a verdade? Pelo contrário, se algum deus – árbitro das coisas humanas – não tivesse arrancado um sinal do menino ali preso, lá iria eu, enganado, zanzar pelas tabernas!"

*

Gitão, muito mais polido que eu, primeiro, com teias de aranha embebidas em óleo, estancou a ferida que Eumolpo tinha na testa. Depois, trocou a veste rasgada dele pelo seu pequeno manto e, tendo-o já reconfortado com um abraço, cobriu-o de beijos como se fossem cataplasmas. Disse ainda:

"É sob a sua, estimado pai, sob a sua proteção que nós nos encontramos. Se ama o seu Gitão, comece por querer salvá-lo. Oxalá eu fosse destruído sozinho por um raio, ou se apoderasse de mim o mar tempestuoso. Sou a fonte de todos esses crimes, sou a causa deles. Vindo eu a morrer, os inimigos se acertam."

XCIX

[Eumolpo]

"É assim que eu, por toda parte, sempre vivi, como se consumisse uma luz derradeira que jamais devesse voltar."

*

Eu, com profusas lágrimas, rogo, suplico que a mim também ele voltasse a dar crédito: pois o ciúme violento não é algo que esteja sob o controle dos amantes. Eu trataria, todavia, de não dizer nem fazer mais nada que pudesse ser ofensivo. Como um mestre da boa ação, que ele destruísse aquela pequena aspereza da alma – aquela lepra – sem deixar nenhuma cicatriz.

"Nas regiões incultas e rudes, a neve se mantém firme por muito tempo, mas em região sulcada pela charrua, o solo brilha, a geada – como se diz – é rápida e desaparece. Da mesma forma, a raiva se instala no âmago: assedia os espíritos selvagens, deixa escapar os instruídos."

"Para que você saiba", disse Eumolpo, "que aquilo que diz é verdade, eis que, com um beijo, ponho fim à desavença. Então, para que tenhamos êxito, arrumem já as suas trouxas e sigam-me ou, se assim preferem, indiquem o caminho."

Ele ainda falava quando o rangido da porta ao se abrir anunciou um marinheiro de barba eriçada, que disse do limiar:

"Que embromação é essa, Eumolpo? Por acaso você não sabe que temos de partir?"

Sem demora levantamo-nos todos, e Eumolpo mandou o seu criado, que há muito já tinha pegado no sono, pôr-se em marcha com as bagagens. Eu, com a ajuda de Gitão, guardei nossas coisas todas numa bolsa e, fazendo minhas preces aos astros, entrei no navio.

[...]

C

"É chato que o rapaz agrade ao meu hóspede. Mas o que é que se pode fazer? Não deve ser bem comum aquilo que a natureza fez de melhor? O sol ilumina a todos. A lua, acompanhada de astros inumeráveis, até as feras conduz ao alimento. O que é que pode ser dito mais belo que a água? E jorra para todos. Só o amor, pois, vale mais roubado que concedido? Mas não quero bens que não sejam invejados pelo povo. Um rival apenas – e velho – não há de ser jugo pesado; e querendo arrogar-se de alguma coisa, o fôlego vai obrigá-lo a dar lugar a outro."

Sem grande confiança, declarei essas coisas e abafei o ímpeto que sentia revolver no peito. Depois de cobrir a cabeça com uma pequena túnica, me pus a fingir que dormia.

Mas de repente, como o destino a destruir a minha tranquilidade, sobre o assoalho da popa, uma voz assim se queixou:

"Então ele debochou de mim?"

E essa voz masculina e ligeiramente familiar aos meus ouvidos fez meu coração palpitar. De resto, uma mulher consumida pela mesma indignação encolerizou-se e foi além:

"Se, graças à ajuda de algum deus, eu viesse a colocar as mãos nesse Gitão, daria uma bela recepção ao proscrito."

O baque de palavras tão inesperadas fez correr nas veias o sangue de cada um de nós. Eu, sobretudo, como que levado por um sonho inquietante, remoí por um bom tempo aquela voz, puxei, com as mãos tremendo, Eumolpo pela aba da toga e disse:

"Por favor, mestre, você pode me dizer de quem é esta nau, ou melhor, quem ela está transportando?"

Assustado, ele refletiu um pouco e disse:

"Foi pra isso que você achou por bem ocuparmos, debaixo do assoalho do navio, o lugar mais escondido? Pra não nos deixar dormir, sim? De resto, que utilidade vai ter a você saber que Licas Tarentino é o dono do navio e que leva a exilada Trifena de volta a Tarento?"

CI

Estremeci atônito diante da catástrofe e, destapando o pescoço, eu disse:

"Chegou a hora, Fortuna, deusa do destino: você me venceu por completo."

Gitão, recostando-se sobre o meu peito, desfaleceu. Depois, quando o suor de um e de outro fez com que recobrássemos o ânimo, agarrei-me aos joelhos de Eumolpo e disse:

"Tenha piedade dos que estão pra morrer e, pela dedicação compartilhada aos estudos, estenda-nos a mão. A morte está a caminho e, a menos que você não permita, talvez seja providencial."

Tragado naquele redemoinho, Eumolpo jurou por deuses e deusas não saber nada sobre o que estava por nos abater, nem ter seguido qualquer resolução mal-intencionada. Sem nenhuma segunda intenção e de boa-fé tinha levado os companheiros de viagem ao navio, no qual ele mesmo já antes decidira embarcar.

"Mas que emboscada afinal havia ali?", perguntou ele. "Que espécie de Aníbal* navega conosco? Licas Tarentino, homem extremamente respeitoso e não apenas dono deste navio – que comanda –, mas também de algumas terras e de uma companhia de comércio, está levando uma carga para vender no mercado. É esse o ciclope, o arquipirata a quem devemos o bilhete de viagem; e também a Trifena, belíssima entre todas as mulheres, que se deixa transportar aqui e ali, conforme seus caprichos."

"Esses são aqueles de quem fugimos", disse Gitão e, trêmulo, apressou-se por explicar a Eumolpo o perigo existente e os motivos por que éramos odiados.

Confuso, sem saber o que fazer, ele intimou cada um de nós a propor um plano e disse:

"Façamos como se tivéssemos entrado na caverna de um ciclope. O que se deve buscar é um meio de fugir, exceto se nos sobrevém um naufrágio e nos livramos de vez de todo o perigo."

"Ou melhor!", disse Gitão, "peça ao capitão que conduza a nau a algum porto, não sem uma boa recompensa, claro. Diga a ele que um companheiro seu, indisposto por causa do mar, está nas últimas.

---

* General cartaginês, filho de Amílcar e inimigo dos romanos. (N.T.)

Dissimule a mentira com o rosto descomposto e lágrimas, para que, comovido, o capitão seja complacente."

Eumolpo negou que isso pudesse ser feito:

"Navios grandes não entram em qualquer porto, nem vai parecer verossímil que alguém perca as forças tão rapidamente. Além disso, talvez Licas, por obrigação, queira ver o doente. Já veem bem o quanto nos ajudaria o mestre se aproximar, por livre e espontânea vontade, daqueles que dele fogem. Mas suponha que a nau possa ser desviada do seu longo trajeto e Licas não venha perambular pelas tocas dos doentes: como podemos sair do navio sem chamar a atenção de todo mundo? Cabeças tapadas ou destapadas? Tapadas, e todos vão querer nos ajudar. Destapadas, é o mesmo que colocá-las a prêmio."

CII

"Por que não", sugeri, "recorremos ao acaso e descemos, escorregando por uma corda, até o bote e, depois de cortar as amarras, entregamos o resto à Fortuna? E não consinto que Eumolpo assuma esse risco. De que adianta um inocente se expor a perigo alheio? Já me dou por satisfeito se a sorte nos ajudar a descer."

"Um plano bem pensado, se pudesse funcionar. Mas veriam vocês saindo. O capitão, principalmente, que ainda durante a noite acompanha o movimento dos astros. E mesmo que pudesse ser iludido ou dormir – na hipótese de que se procurasse escapar por outra parte do navio: mas é pela popa, pelo próprio timão que vocês vão ter de escorregar. É dali que desce a corda que prende o bote. O que mais me espanta não ter ocorrido a você, Encólpio, é que um marinheiro jaz dia e noite no bote como sentinela, e que não se pode – sem derramamento de sangue – tirar o guarda dali ou lançá-lo à força no mar. Se é possível ou não fazer isso, deixo por conta da audácia de vocês. No que diz respeito, pois, à minha companhia, não recuso perigo algum que dê esperança de salvação. Não imagino, aliás, que vocês queiram empenhar à toa o último suspiro, como se nada fosse. Vejam, assim, se isso lhes agrada: agora mesmo eu meto vocês no meio de duas peles e, amarrados com umas tiras de couro, os acomodo junto das minhas bagagens, deixando, claro, aberturas pelas quais possam receber ar e comida. Mais tarde eu anuncio em altos brados que, no meio da noite, meus escravos, por medo de uma punição mais severa, se atiraram ao mar. Tendo chegado ao porto, sem despertar suspeita alguma, desembarco-os como bagagem."

"Então é assim?", perguntei eu, "para embalar, como se fossemos de ouro maciço e nunca nos desse uma dor de barriga? Como se não espirrássemos nem roncássemos? Seria por acaso porque esse tipo de estratagema certa feita garantiu o sucesso a Menelau? Mas imagine que se aguente um dia inteiro amarrado: e se formos detidos mais tempo pela calmaria ou por uma tempestade que se arme à frente do caminho? Que faremos? Mesmo roupas, dobradas por muito tempo, criam vincos, e papiros amarrados deformam. Jovens até agora poupados do trabalho duro vão suportar, como estátuas, panos e amarras?"

*

"Ainda temos de descobrir um meio de nos salvar. Vejam o meu plano. Sendo um literato, Eumolpo certamente carrega tinta. Sugiro, portanto, nos valermos do expediente de mudar nossa cor, do cabelo até perto das unhas. Assim, como escravos etíopes, seguimos tranquilamente ao seu lado, sem o prejuízo das amarras, e ao mudar de cor iludimos os inimigos."

"E por que não?", perguntou Gitão. "Também nos circuncide, para parecermos judeus, e fure nossas orelhas, para nos fingirmos de árabes, e encha nossa cara de giz para que a Galícia nos receba como cidadãos: como se a cor sozinha pudesse alterar os traços, e não fosse necessário convir em harmonia muitos detalhes para a mentira colar. Suponha que a tintura em nosso rosto possa durar um bom tempo. E imagine que nenhum respingo d'água inflija ao nosso corpo uma mancha, e que a roupa não absorva a tinta, o que é frequente se não se usa goma. Em frente! Por acaso temos como encher os lábios daquele inchaço medonho? E mudar a forma dos cabelos com ferro de frisar? E encher o rosto de cicatrizes? E andar com as pernas arqueadas? Arrastando os calcanhares? E dar à barba um toque exótico? A tinta só mancha o corpo, ela não o transforma. Prestem atenção no que veio à mente deste insensato: cobrimos as cabeças com a roupa e mergulhamos ao fundo do mar."

CIII

"Que nem os deuses nem os homens", exclamou Eumolpo, "permitam que vocês deem um fim tão vergonhoso às suas vidas. Ao contrário, o melhor é que façam aquilo que estou pedindo! Meu criado, como vocês bem descobriram, por causa da navalha, é barbeiro: que ele imediatamente raspe não apenas a cabeça de cada um de vocês, mas também as sobrancelhas. Em seguida venho eu, que marco a fronte de vocês com um engenhoso sinal, de forma que pareça que foram punidos com ferro em brasa. As mesmas inscrições vão afastar o interesse dos curiosos e dissimular sob uma penumbra o rosto dos condenados."

Não se protelou a operação, mas, às escondidas, nos afastamos até um lado do navio e espichamos ao barbeiro nossas cabeças, para que fossem tosadas junto com as sobrancelhas. Eumolpo cobriu o rosto de cada um de nós de letras enormes e traçou distintamente por toda a nossa face o conhecido sinal dos escravos fugitivos. Casualmente, um dos passageiros que, inclinado na lateral da nau, aliviava o estômago embrulhado de náusea, notou o barbeiro desempenhando seu ofício de uma forma intempestiva, à luz da lua, e, amaldiçoando o mau presságio, que lembrava o voto derradeiro dos náufragos, lançou-se de volta à cama. Sem fazer caso da imprecação lançada pelo destemperado, reassumimos o estado de espírito de tristeza que nos convinha e em silêncio passamos as horas restantes da noite num sono maldormido.

*

CIV

[Licas]

"Assim que preguei o olho, tive a impressão de ver Príapo, que me dizia:

"– Graças às providências que tomei, foi atraído à nau o Encólpio que você procura."

Estremecendo, Trifena disse:

"Parece que dormimos um único e mesmo sono, pois a mim uma imagem de Netuno, que vi num tetrastilo de Baias, parecia dizer:

"– Você encontra Gitão na nau de Licas."

"E assim vocês vão descobrir", disse Eumolpo, "o quão divino é Epicuro, que, com argumentos sutilíssimos, condena esses debiques."

Mas Licas, a fim de aplacar o capricho que acometera Trifena, disse:

"E quem nos proíbe de revistar o navio? Dessa forma, também não damos a impressão de repudiar a obra de uma inteligência divina."

De repente, o homem que, na malfadada noite, surpreendera nossa tramoia, exclama:

"Que me ajude o deus Fídio! Então são esses que se faziam tosquiar no meio da noite, à luz da lua, dando péssimo exemplo? Todos sabem, pois, que numa nau a nenhum mortal se permite cortar nem unhas nem cabelos, exceto se o vento se indispuser com as águas."

CV

Perplexo diante daquelas palavras, Licas inflamou-se de raiva e disse:

"Como é, então? Alguém cortou os cabelos na nau, na calada da noite? Arrastem imediatamente os criminosos até um lugar onde possam ser vistos, para que eu saiba com as cabeças de quem devo expiar o navio."

"Fui eu que ordenei que se fizesse isso", disse Eumolpo. "E não levantei contra mim – no próprio navio em que devo estar – nenhum sinal de mau agouro, mas, como os criminosos tinham cabelos horríveis e longos e eu não queria dar a impressão de fazer da nau uma prisão, mandei que arrancassem essa carapaça imunda dos condenados. E assim, não mais escondidas sob a proteção dos cabelos, as marcas das letras ficariam todas visíveis aos olhos dos que as quisessem ler. Entre outras coisas que fizeram, gastaram meu dinheiro compartilhando de uma prostituta, de junto a quem os arranquei na noite passada, inundados de vinho e perfume. Em suma: cheiram ainda aos restos do meu patrimônio."

*

E assim, para que se pudesse acalmar a entidade protetora da nau, ficou combinado que se desse quarenta chicotadas em cada um de nós. Não houve qualquer demora: cercaram-nos marinheiros enfurecidos, munidos de cordas, e tentaram, às custas do nosso sangue desprezível, apaziguar a divindade. A verdade é que suportei até três chicotadas com uma dignidade espartana. De resto, Gitão, com um único golpe, gritou tanto que fez vibrarem os ouvidos de Trifena com sua voz conhecidíssima. Não apenas a patroa se agitou como as escravas, que, levadas por aquele timbre familiar, se precipitaram na direção do que era açoitado. Gitão, com sua figura espetacular, já desarmara os marinheiros e começava agora a, sem voz, se dirigir aos seus seviciadores, quando as escravas exclamaram juntas:

"É Gitão, Gitão. Afastem as mãos desalmadas, é Gitão! Ajude-o, senhora!"

Trifena apurou os ouvidos, que já estavam inclinados a acreditar naquilo por vontade própria, e às pressas acudiu Gitão. Licas, que me conhecia muito bem, como se ouvisse ele mesmo uma voz, acorreu e não examinou nem minhas mãos e nem meu rosto, mas, depois dos olhos baixarem em direção à minha virilha, fez um gesto educado com a mão e disse:

"Como vai, Encólpio?"

E ainda há quem se admire de que a ama de Ulisses, depois de vinte anos, tenha descoberto na cicatriz um indício da sua origem, quando acontece de um homem como esse, com toda a sua sagacidade, depois de alterados todos os traços do corpo e do rosto, chegar com tanta perspicácia ao único sinal do fugitivo. Trifena verteu lágrimas, enganada pelo suplício – acreditava, pois, que a fronte dos cativos tivesse sido marcada com ferro em brasa de verdade –, e se pôs a perguntar muito abatida que calabouço tragara os aventureiros, ou de quem seriam mãos tão cruéis capazes de aplicar um suplício daqueles. Os fugitivos, todavia, tinham feito por merecer alguma punição, ao retribuírem com ódio a sua bondade...

CVI

Tomado de raiva, Licas precipitou-se e disse:

"Oh, mulher ingênua! Como se chagas feitas com ferro em brasa se impregnassem de tinta. Oxalá essas inscrições tivessem estragado realmente os seus rostos: para nós seria uma grande compensação. Acabam de nos afrontar com artifícios de comediante. Zombam de nós com inscrições fictícias."

Como não vira se dissipar toda a sua volúpia, Trifena estava inclinada a nos perdoar, mas Licas, lembrando ainda da sedução da esposa e das afrontas recebidas no pórtico de Hércules, com o rosto todo desfigurado, proclama:

"Os deuses imortais estão atentos ao desenrolar das coisas humanas. Acho que você compreendeu isso, Trifena. Conduzem os imprudentes criminosos ao nosso navio e nos advertem quanto ao feito pela convergência de um par de sonhos. E assim, veja bem se é possível perdoar aqueles que um deus entregou à punição. Não sou cruel, mas temo que recaia sobre mim aquilo que eu deixar passar."

Diante de tantos escrúpulos, mudando de opinião, Trifena se recusa a interromper o suplício; ao contrário, quer que se chegue à punição mais justa. A ofensa cometida não a atingira menos que a Licas – ela cuja honra fora degradada publicamente.

CVII

[Eumolpo]

"A mim, conforme imagino – por eu não ser um desconhecido –, eles elegeram para esse trabalho de embaixador e pediram para que fossem reconciliados com aqueles de quem outrora foram grandes amigos. A não ser que vocês acaso imaginem que esses jovens tenham caído nessa armadilha por azar, como se todo passageiro não buscasse se informar de antemão aos cuidados de quem está se entregando. Peço a vocês que se mostrem tolerantes, depois de ter a alma apaziguada pela reparação, e permitam que esses homens livres sigam, sem dano, o seu destino. Mesmo senhores cruéis e implacáveis refreiam a raiva quando a punição faz se arrependerem os escravos fugitivos, e poupamos os inimigos que se entregam. O que vocês podem exigir além disso, o que podem querer? Diante dos seus olhos, jazem em arrependimento jovens nascidos livres, honrados e – o que é mais importante: outrora ambos ligados a vocês por laços de amizade. Por Hércules! Se eles tivessem subtraído dinheiro de vocês, se tivessem traído de forma desleal a confiança de vocês, a punição aqui apresentada já estaria a contento. Podem reconhecer claramente em suas frontes o jugo dos escravos, e as figuras outrora livres agora difamadas pela imposição voluntária dessas penas."

Licas interrompeu o pedido de clemência em nome dos arrependidos e disse:

"Não faça confusão, é preciso avaliar separadamente cada coisa. Em primeiro lugar, se vieram por conta própria, porque tosar os cabelos? E quem modifica as feições prepara-se para enganar, não para mostrar arrependimento. Por fim, se queriam obter acordo através de um embaixador, porque é que você fez de tudo para escondê-los? É evidente que os criminosos caíram por acaso numa armadilha, e você procurou um meio de atenuar o rigor do castigo. Quanto à impiedade que você nos imputa, afirmando que nasceram livres e são honrados, cuide para não piorar a situação por excesso de confiança. Que devem fazer os lesados quando os réus se escondem atrás da própria pena? Mas de fato, foram nossos amigos: por isso mereciam castigos piores, pois são ditos ladrões os que lesam desconhecidos, e os que lesam amigos, quase parricidas."

Ignorando a invectiva virulenta, Eumolpo disse:

"Vejo que nada desfavorece tanto a esses pobres jovens quanto o fato de terem cortado os cabelos à noite: por causa desse ocorrido, tem-se a impressão de que vieram à nau por acaso, não de propósito. Gostaria apenas de fazer chegar aos ouvidos de vocês, com toda a simplicidade, o que o gesto mesmo tem de inocente. Eles queriam, pois, antes de embarcar, livrar as cabeças de um peso desagradável e supérfluo, mas o vento mais forte fez com que adiassem a sua resolução de se encarregar daquilo. E todavia não pensaram que pudesse ter importância o lugar em que efetivamente fariam o que fora decidido, pois não conheciam nem a jura nem a lei dos navegantes."

"E que utilidade tinha para eles", perguntou Licas, "raspar os cabelos? Salvo se os carecas fossem mais dignos de piedade. E de resto, de que me serve buscar a verdade por meio de um intérprete? Que é que você me diz, seu ladrão? Que salamandra foi essa que comeu a sua sobrancelha? A que deus você consagrou a cabeleira? Responde, mandingueiro!"

CVIII

Eu paralisara, aterrado de medo de ser supliciado e, perturbado, tampouco me ocorria o que dizer diante de um argumento tão contundente... Além disso, com vergonha da minha cabeça despida e degradada e, mais ainda, da falta das sobrancelhas aplainadas à fronte, não me convinha dizer nada nem nada fazer. A verdade é que quando limparam com uma esponja úmida a face daquele que chorava, e a tinta liquefeita pelo rosto todo confundiu, é claro, numa nuvem de fuligem, todos os traços, a raiva transformou-se em ódio. Eumolpo recusa-se a ter de suportar que alguém, contra a vontade divina e as leis, conspurque homens de condição livre, e interrompe as ameaças dos desapiedados não apenas com a voz mas também com as mãos. Perto daquele que se insurgia estava o empregado que o acompanhava, e um que outro passageiro dos mais fracos – antes paliativos do que acréscimo real de força. E eu não pedia nada a meu favor, mas, erguendo a mão contra os olhos de Trifena, afirmei em alto e bom som que faria uso das minhas forças, se a maldita mulher – única em todo o navio a merecer ser açoitada – não livrasse Gitão daquela ofensa. Surpreendido pela minha audácia, Licas irrita-se ainda mais e revolta-se porque eu, deixando de lado a minha própria causa, grito em nome do outro. Nem Trifena enfurece-se menos com a afronta e, cuspindo fogo, divide a turba toda do navio em duas partes. Do lado de cá, o barbeiro que trabalhava para Eumolpo distribui-nos navalhas – ele mesmo já armado –, do lado de lá, os escravos e empregados de Trifena arregaçam as mangas, e nem mesmo a gritaria das escravas deixa de alinhar-se ao combate, somente o capitão ameaça deixar o comando do navio, caso não dessem fim àquele delírio de gente desvairada e fora de si. Mas o furor dos combatentes persiste inabalável, eles lutando por vingança, nós pela vida. Dos dois lados, muitos, sem que estivessem mortos, caem, outros tantos, golpeados e sangrando, como que retrocedem da luta, mas nenhum vê diminuir sua fúria. Até que Gitão, num movimento enérgico e resoluto, leva à virilha a perigosa navalha, ameaça cortar pela raiz a causa de tantas desgraças, e Trifena coíbe aquele grande crime concedendo-lhe abertamente o perdão. Inúmeras vezes, tinha eu apoiado sobre a minha garganta a navalha de barbeiro, disposto a me matar tanto quanto Gitão a fazer o que ameaçava. Mas ele desempenhava a tragédia de forma mais audaciosa, pois sabia estar de posse daquela navalha com a qual já cortara o pescoço. Como cada lado se mantinha impassível, e parecia que o embate não seria de um tipo conhecido, o capitão, a custo, conseguiu que Trifena, fazendo as vezes de arauto, proclamasse uma trégua. E assim, outorgado e aceito o acordo conforme manda a tradição, ela empunhou um ramo de oliveira arrebatado à divindade protetora do navio e tentou dar início a uma conversa:

"Que fúria em armas converteu a paz?
Nossas mãos o que mereceram? O herói troiano
nessa frota não traz do átrida enganado a esposa,
nem Medeia, delirante, luta com sangue fraterno,
mas desprezado o amor tem forças. Ai! Desgraças –
entre ondas como essas, quem, tomando armas, evoca?
A quem só o sangue já não é suficiente? O mar não supereis
nem outras ondas lanceis nesses sorvedouros selvagens."

CIX

Quando a mulher, num clamor agitado, disse essas coisas, hesitaram um pouco os combatentes e, com as mãos conclamadas pela paz, interromperam a guerra. O general Eumolpo valeu-se do momento de constrição e, depois de castigar Licas com grande estardalhaço, assinou as tábuas do pacto, que estipulava as normas seguintes: *É de livre e espontânea vontade, Trifena, que você não vai se queixar da injustiça perpetrada por Gitão e, com relação ao que tiver sido feito até o dia de hoje, censurar ou punir, ou procurar qualquer outra forma de vingança; que você não vai ordenar nada ao rapaz contra a vontade dele, nem abraço, nem beijo, nem relação sexual, do contrário, por cada infração vai pagar no ato cem moedas. Da mesma forma, Licas, é de livre e espontânea vontade que você não vai perseguir Encólpio nem com palavras nem com olhares ultrajantes, e tampouco vai procurá-lo à noite onde ele estiver dormindo ou, se assim o fizer, por cada infração vai pagar no ato duzentas moedas.* Diante dessas palavras, de que se compunha o pacto, depusemos as armas e, para que depois do juramento nenhum sinal de ira permanecesse na alma, decidiu-se aniquilar o passado com uma troca de beijos. Todos se animam, o ódio se aplaca, e o banquete trazido ao campo de batalha favorece, junto com a alegria, o entendimento comum. E, assim, o navio todo retumba por causa da música e, como uma súbita calmaria detivera o seu curso, havia quem, armado de tridentes, buscava apanhar os peixes que saltavam, e quem, com vistosos anzóis, puxava para o navio aqueles que se debatiam fisgados. E eis que tinham pousado, na antena do navio, aves marítimas, as quais um hábil perito conseguiu alcançar com uma vara de juncos entrelaçados; presas no visco do vime eram trazidas às nossas mãos. A brisa arrebatava para o alto a penugem esvoaçante, e a espuma efêmera tragava as penas junto com as ondas.

Licas já começara a retomar comigo a amizade, e Trifena espargia sobre Gitão o último gole de bebida, quando Eumolpo, encorajado também pelo vinho, resolveu dardejar sobre os calvos marcados a ferro, até que, esgotada a espirituosidade ferina, voltou à poesia e se pôs a declamar essa pequena elegia aos cabelos:

"Esplendor único da beleza, cabelos caídos,
e crinas verdejantes roubadas pelo triste inverno.
Já agora a sua sombra despida os tempos afligem,
e ri dos pelos em ruína o vazio enregelado.
Falaz natureza dos deuses: nossas alegrias que,
na primeira idade deste, primeiro levas.

"Infeliz, há pouco abundava em cabelos,
que Febo e a irmã de Febo mais belo.
Mas agora, cobre polido ou cogumelo,
criado pela tempestade, redondo na horta,
teme e foge das meninas que riem.
Na morte posta em movimento acredite,
instruído pela parte da cabeça que pereceu."

CX

Acredito que ele quisesse declamar mais versos, e ainda mais inoportunos, quando uma escrava de Trifena levou Gitão até um andar inferior da nau e paramentou a cabeça dele com uma peruca da patroa. Além disso, tirou sobrancelhas de uma caixinha e, seguindo habilmente os vestígios da desventura, restituiu a ele toda a sua beleza. Reconheceu Trifena o verdadeiro Gitão e, emocionada, entre lágrimas, deu no menino o primeiro beijo sincero. Quanto a mim, se me alegrava tê-lo de volta com o mesmo encanto de outrora, escondia todavia frequentemente o meu rosto, e me dava conta de quão estigmatizado me deixava aquela feiura inaudita, eu a quem nem mesmo Licas achava digno se dirigir. Mas a essa tristeza a mesma escrava remediou. Chamando-me, muniu-me de uma cabeleira não menos conveniente. E como a peruca era loira, minha fisionomia até se sobressaiu mais.

*

De resto, Eumolpo, advogado dos que iam a perigo e patrono da nossa conciliação, para que o entusiasmo não se esgotasse por falta de histórias, se pôs a discorrer sobre a inconstância das mulheres: quão fácil se apaixonavam, quão rápido se esqueciam até mesmo dos filhos. Nenhuma era casta o suficiente para resistir à loucura de um capricho exótico. E não se referia a antigas tragédias e nomes há séculos conhecidos, mas a fatos que compunham as suas lembranças, e que ele se dispunha a contar se quiséssemos ouvir. E então, com os olhos e os ouvidos voltados todos na sua direção, ele começou:

CXI

"Havia em Éfeso uma matrona tão famosa por sua castidade que até as mulheres de povos vizinhos citavam-na como exemplo. Perdendo ela o marido, não satisfeita de seguir o cortejo com os cabelos soltos, segundo era de costume, ou bater no peito nu, à vista de todos, acompanhou também o falecido ao sepulcro e, deposto ele na cripta, pôs-se a velar e chorar o corpo por noites e dias inteiros, conforme faziam os gregos. E assim, nem parentes nem vizinhos puderam evitar que ela caísse em desolação e procurasse a morte através da abstinência de comida; por fim, repelidos, partiram até os magistrados, e aquela mulher singular, lastimada por todos, já entrava no quinto dia de jejum. Fazia companhia à infeliz uma escrava muito fiel que, chorando, lhe emprestava as lágrimas e reacendia, sempre que preciso, a lâmpada colocada sobre o túmulo. Na cidade, falava-se, pois, só daquela história, homens de todas as classes confessavam que aquele verdadeiro exemplo de amor e castidade brilhava como único, quando, nesse meio tempo, o chefe daquela província ordenou que ladrões fossem crucificados ao lado daquele sepulcro em que a matrona chorava o cadáver ainda fresco. Então, na noite seguinte, quando o soldado – que vigiava as cruzes a fim de evitar que levassem algum dos corpos à sepultura – viu como que uma luz brilhar mais forte em meio aos túmulos e ouviu um gemido de lamentação, movido por uma fraqueza comum à raça humana, quis saber quem estava ali e o que fazia. Desceu assim ao sepulcro e, depois de avistada aquela belíssima mulher, como se tivesse sido confundido por algum monstro ou fantasmas do inferno, logo se deteve. Por fim, quando viu o cadáver que ali jazia e levou em consideração também as lágrimas e a face ferida pelas unhas, ao reconhecer, é claro, o que se passava – uma mulher incapaz de suportar a saudade do morto –, trouxe para o túmulo o seu modesto jantar e pôs-se a exortar aquela que estava de luto a não perseverar numa dor inútil, nem dilacerar o peito com lamentos que não trariam qualquer benefício: o fim de todos era o mesmo, a mesma morada. E tudo mais que traz as mentes exasperadas de volta à sanidade ele disse. Mas ela, varada por aquela consolação que desconhecia, feriu o peito com uma veemência ainda maior e depositou sobre o cadáver os cabelos arrancados. O soldado, todavia, não se deu por vencido e, valendo-se da mesma exortação, tentou dar de comer à mulher, até que a escrava – certamente seduzida pelo aroma do vinho – estendeu primeiro ela mesma a mão vencida à bondade do aliciador. Depois, com as forças restauradas pela bebida e a comida, pôs-se a lutar contra a teimosia da patroa e perguntou:

"– Que proveito poderá lhe trazer morrer de fome, sepultar-se viva, entregar a alma antes de ela ter sido julgada, exigida pelos desígnios divinos? *Por acaso você imagina que as cinzas ou os manes sepultos se apercebem disso?** Não tem vontade de voltar a viver? De ver dissipada essa fraqueza feminina e aproveitar, enquanto lhe for permitido, tudo que de bom brilha no mundo? O próprio cadáver que aí jaz deve exortá-la a seguir em frente.

"Ninguém escuta contrariado ao ser coagido a comer e a viver. E assim a mulher, já seca depois de tantos dias de abstinência, deixou de lado a teimosia e encheu-se de comida com uma avidez não menor que a da escrava, conquistada primeiro.

CXII

"De resto, vocês sabem muito bem que tentações costumam se seguir, às vezes, à saciedade. Com as mesmas palavras ternas com que o soldado conseguira fazer com que a matrona voltasse à vida, ele agora acometia contra a castidade dela. E nem feio nem pouco eloquente parecia o jovem aos olhos da devota, sobretudo porque a escrava, para obter o seu favor, repetidamente dizia:

---

* Referência à *Eneida*, IV, 34. (N.T.)

*"Até quando vais lutar contra essa serena amizade? Acaso não lhe vem à mente ter acampado em terra alheia?**

"Indo direto ao que interessa: a mulher, na verdade, não deixou de saciar nem mesmo aquela outra parte do corpo, duplamente persuadida pelo soldado vitorioso. E, assim, dormiram juntos não apenas naquela única noite, em que cumpriram as núpcias, mas também na seguinte, e ainda numa terceira – fechadas sempre, é claro, as portas da sepultura, para que ninguém, conhecido ou desconhecido, aparecendo ali, imaginasse que sobre o corpo do marido a virtuosíssima mulher tivesse exalado seu último suspiro.

"De resto, o soldado, encantado com a beleza da mulher e o segredo entre eles compartilhado, comprava e levava à sepultura tudo de bom que conseguia obter por meio dos seus recursos. Até que os pais de um crucificado, ao verem relaxada a vigilância, baixaram à noite o corpo dependurado e prestaram a ele as últimas homenagens. Assim enganado por abandonar a guarda do seu posto, ao ver no dia seguinte uma cruz sem o corpo, com medo do castigo, o soldado contou à mulher o que acontecera: não devia esperar pela sentença do juiz, mas com a própria espada trataria de punir a sua displicência. Que ela lhe concedesse, pois, um local para perecer e dedicasse aquela sepultura maldita ao amigo e ao marido. A mulher não era menos misericordiosa que casta:

"– Que os deuses não me permitam – disse ela – contemplar, ao mesmo tempo, dois funerais de

* Referência à *Eneida*, IV, 38-39. (N.T.)

homens por mim tão estimados. Prefiro crucificar um morto que assassinar um vivo.

"Tendo dito isso, ordenou que fosse tirado do caixão o corpo do seu marido e fixado à cruz que estava vazia. O plano – testemunho da extraordinária prudência daquela mulher – foi executado pelo soldado, e o povo, no dia seguinte, se perguntava por que motivo o morto tinha se lançado à cruz."

CXIII

Os marinheiros acolheram a história com uma risada, e Trifena, corando muito, apoiou amorosamente o rosto sobre o ombro de Gitão. Licas, entretanto, não riu. Irritado, erguendo a cabeça, ele disse:

"Se o imperador fosse justo, deveria ter reconduzido o corpo do pai de família à sepultura e crucificado a mulher."

Sem dúvida, voltava à lembrança dele Hédile e o navio saqueado por imigrantes. Mas nem as cláusulas do pacto lhe permitiam mencionar aquilo nem a hilaridade que tomava conta das nossas mentes dava lugar à raiva. De resto, Trifena, acomodada junto ao colo de Gitão, beijava-lhe o tórax ao mesmo tempo em que ajeitava-lhe o rosto desprovido dos cabelos. Eu, triste e incapaz de suportar aquele novo acordo, não aceitava nem comida nem bebida, mas com olhares enviesados e ameaçadores observava um e outro. Magoavam-me os beijos todos, e todas as carícias – o que quer que fosse inventado pelos caprichos daquela mulher. E, todavia, eu não sabia ainda o que me irritava mais:

o menino, que me roubava a amante, ou a amante, que corrompia o menino, coisas igualmente ofensivas aos meus olhos, e mais infelizes que meu antigo cativeiro. Além disso, nem Trifena se dirigia a mim como amigo e outrora seu reconhecido amante, nem Gitão me julgava digno do tradicional brinde ou, no mínimo, me chamava para partilhar da conversa, acredito que por medo de reabrir a cicatriz recente em meio ao reconhecimento da aliança que se formava. Inundaram meu peito as lágrimas preparadas pela dor, e o gemido sufocado por um suspiro quase me cortou a respiração.

*

Em parte, Licas queria ser convidado a partilhar da nossa alegria e não vestia a carranca de dono da casa, mas buscava a obediência do amigo.

*

Disse uma escrava de Trifena a Encólpio:

"Se você tem sangue livre nas veias, não pode estimá-lo mais que a um vendido. Se você for homem não vai atrás desse prostituto."

*

Nada me envergonharia mais que Eumolpo intuir o que outrora se passara e, mordaz como era, castigasse-nos com seus poemas.

*

Eumolpo jurou solenemente...

CXIV

Enquanto nos gabávamos daquelas coisas, o mar eriçou-se e nuvens, vindas de toda parte, fizeram o dia mergulhar na noite. Assustados, os marinheiros correram a seus postos e subtraíram as velas ao alcance da tempestade. Mas assim como as ondas que o vento levantara não seguiam todas a mesma direção, o capitão não sabia por que rumo conduzir a nau. O vento nos mandava na direção da Sicília e, como costuma ocorrer na costa do litoral da Itália, Aquilão – o vento do norte – revirava aqui e ali o nosso pobre barco, e o que era mais perigoso que todas as tempestades: nuvens tão espessas tinham engolido por vezes a luz do dia que o piloto ficara sem enxergar até mesmo a extensão da proa. E assim, depois do perigo tornar-se evidente, Licas aproximou-se de mim, tremendo, com as mãos erguidas para o céu e disse:

"Você, Encólpio, socorre quem está em perigo! Devolve ao navio as vestes divinas e o sistro. Mostre alguma piedade, como costuma fazer."

Mas, enquanto gritava, o vento precipitou-o no mar e, tentando voltar, a tempestade revolveu-o num perigoso turbilhão de água e o engoliu. Trifena, todavia, antes de afundar, foi arrebatada pelos escravos, colocada no bote com a maioria dos seus pertences e, assim, salva da morte iminente.

Junto de Gitão, eu chorava aos borbotões e dizia:

"O que foi que fizemos aos deuses para nos unirem assim numa só morte? Mas nem isso concede a cruel fortuna. Eis que as ondas agitam o barco, eis que o mar furioso rompe o abraço dos amantes. Então, se é verdade que você amou este Encólpio, beije-o enquanto é lícito arrebatar tal prazer supremo à morte que sobre nós desaba."

Foi eu dizer isso e Gitão tirou a roupa e, escondido sob a minha túnica, deixou a cabeça descoberta para o beijo. E para que uma onda mais pérfida não separasse os que iam estreitamente unidos, amarrou--nos ambos com o cinto e disse:

"Se nenhuma outra coisa nos resta esperar, certamente o mar vai nos carregar unidos por mais tempo, e talvez se, misericordioso, quiser nos lançar numa mesma praia, ou algum passante nos cobrirá de pedras, como manda a tradição, ou em caso extremo a areia, levada também pela fúria das ondas, automaticamente nos enterrará."

Submeto-me ao jugo final e, como que ajustado ao leito fúnebre, espero pela morte como coisa já não desagradável. Nesse meio-tempo, a tempestade cumpre os desígnios promulgados pelos deuses em seus oráculos e toma de assalto o que ainda restava da nau. Não sobrou nem mastro, nem leme, nem corda, nem remo. A nau ia com as ondas como madeira bruta não trabalhada.

*

Afluíram ágeis pescadores em barcos pequenos para levar os despojos. E logo que avistaram alguns que pareciam estar agarrados às suas coisas, a crueldade deu lugar ao socorro.

CXV

Ouvimos um barulho insólito e, debaixo da cabine do capitão, como que o gemido de uma fera que quisesse sair. Guiando-nos pelo som, descobrimos Eumolpo, sentado e escrevendo versos sobre um enorme pergaminho. Admirando-nos, pois, de lhe sobrar tempo, na iminência da morte, para escrever poemas, o tiramos dali, não obstante os seus protestos, e o exortamos a recuperar o juízo. Mas ele, ao ser assim interrompido, encolerizou-se e disse:

"Deixem-me concluir a frase. O canto está chegando ao fim."

Deito a mão àquele louco varrido e chamo Gitão para que levasse o poeta, que continuava protestando aos gritos, à terra firme.

*

Executada a tarefa à custa de muito trabalho, aproximamo-nos aflitos de uma cabana de pescador e, depois de nos alimentarmos como podíamos com restos do naufrágio, ali passamos aquela triste noite. No dia seguinte, quando nos reunimos para deliberar a que lado nos aventuraríamos ir, vejo de repente um corpo humano, rodopiado num vórtice ligeiro, ser lançado na praia. Detenho-me, pois, com os olhos úmidos e tristes, diante do mar e passo a examinar o quanto é confiável.

"Talvez", exclamo, "em alguma outra parte do mundo o espere, livre de inquietações, uma esposa, talvez um filho, que não saiba da tempestade, ou ainda um pai, a quem beijou antes de partir. São esses os devaneios dos mortais, são essas as preocupações que lhes obsedam as mentes. E assim navega o homem ao sabor da correnteza!"

Eu ainda chorava abstraído quando as ondas viraram na areia o rosto incorrupto e reconheci Licas – há pouco terrível e implacável – bem dizer jogado a meus pés. E assim eu já não tinha mais lágrimas. Pelo contrário, bati com a mão no seu peito uma, duas vezes e disse:

"E onde é que foi parar toda aquela raiva, toda aquela fúria? Aquele que há pouco se gabava da pujança do seu império está agora devidamente entregue aos peixes e às feras. Náufrago, já não possui nem mesmo as tábuas daquele enorme navio. Ide então, mortais, inflai o peito de projetos pomposos. Ide rodeados por todos os lados de garantias; por meio de fraudes, granjeai riquezas ao longo de mil anos! Sem dúvida, este aqui ontem mesmo refez o cálculo do seu patrimônio. Sem dúvida, fixou na mente a data em que deveria chegar à pátria. Deuses e deusas: quão longe está da sua meta! Mas não só os mares excedem o horizonte dos mortais. Armas enganam os que fazem a guerra. Penates* em ruína sepultam os que a eles rendem homenagem. Vê o ânimo despachado para outro mundo quem cai do mesmo carro que acelera. A comida estrangula o ávido, e a sobriedade, o abstinente. Observando bem, por toda parte há naufrágios. Sim, mas as ondas não sepultam aquele que submergiu: como se

* Deuses protetores, cujas imagens são reverenciadas no interior das casas. (N.T.)

importasse o princípio a consumir o corpo que deve perecer – o fogo, as ondas ou o tempo! Seja lá o que se faça, tudo vem dar no mesmo. Mas as feras dilaceram o corpo... como se fosse melhor ser tragado pelo fogo! Ao contrário, esse é o castigo que consideramos mais rigoroso, sempre que nos encolerizamos com algum escravo. Que loucura, pois, é fazer de tudo para que nada de nosso fique sem sepultura?"

*

E Licas, contudo, ardia numa pira funerária erguida pelas mãos do inimigo. Eumolpo, além disso, compõe um epigrama ao morto e lança o olhar ao horizonte em busca de sentido.

CXVI

Depois de cumprir de bom grado aquela tarefa, tomamos o caminho que nos estava destinado e em pouco tempo subimos suados um monte, do qual enxergamos, não muito longe, uma cidade fortificada erguida no alto de uma montanha. E nós, perdidos, até o momento em que nos informou o caseiro de uma fazenda, não sabíamos tratar-se de Crotona – cidade antiquíssima, enfim, a primeira da Itália. Como, em seguida, tentássemos descobrir que homens habitariam um chão tão nobre, ou que tipo de negócio mais estimariam, depois de verem seus recursos ruir por causa de tantas guerras, ele disse:

"Oh, estrangeiros, se vocês são negociantes, mudem de propósito e procurem outra cidadela para viver. Mas se, ao contrário, homens de conhecida perfídia, são capazes de mentiras sem fim, corram direto para o lucro. Pois naquela cidade não se valoriza o estudo, a eloquência não tem lugar, costumes sóbrios e piedosos não são recompensados com glórias. Saibam que em dois grupos se dividem os homens que vivem naquela cidade: ou enganam ou são enganados. Naquela cidade, ninguém tem filhos, pois quem quer que tenha herdeiros deixa de ser recebido em jantares ou espetáculos, é mantido à parte de todo privilégio, e esconde-se entre os ignominiosos. Na verdade, os que não se casam com nenhuma mulher e tampouco têm parentes, esses alcançam grandes honras, quer dizer, são tidos como belicosos, fortíssimos e até mesmo como desinteressados. Entrem naquela cidade como em um campo pestilento, em que nada é senão cadáver lacerado ou corvo que lacera."

CXVII

Eumolpo, mais experiente, voltou o pensamento para aquela novidade, e confessou que não lhe desagradava aquele tipo de enriquecimento. Eu achava que o velho estava a se divertir com alguma insensatez de poeta, quando ele disse:

"Oxalá tivéssemos à disposição um palco mais amplo, quer dizer, roupas mais refinadas, ornamentos mais elegantes, que pudessem dar crédito à mentira: por Hércules, não adiaria a empreitada, mas guiaria vocês às maiores conquistas."

E todavia, prometi a ele tudo que quisesse, desde que ficasse satisfeito com aquela minha roupa, companheira de viagem e de rapina, e com tudo mais que tivesse oferecido aos vagabundos a fazenda de Licurgo:

"Pois o dinheiro necessário àquele proveito, Cibele, a mãe dos deuses, deve nos acordar em troca de alguma garantia."

"E então", perguntou Eumolpo, "o que é que estamos esperando para montar a farsa? Façam de mim o seu senhor, se a manobra lhes agrada".

Ninguém teve a audácia de desaprovar aquele plano, que nada nos custava. E assim, para que o conluio fosse selado, prestamos um juramento solene nos termos propostos por Eumolpo: ser queimados, amarrados, fustigados e mortos a ferro, e tudo mais que mandasse Eumolpo. Como legítimos gladiadores, entregamos nossos corpos e almas religiosamente ao chefe. Depois de concluir, como escravos, o juramento, nós o saudamos solenemente, e fomos também informados sobre o filho enterrado por Eumolpo – jovem de grande eloquência e promissor. Por isso, o desgraçado do velho teria deixado a sua cidade, para não ter de se defrontar nem com os clientes e colegas do filho, nem com o sepulcro, que o fazia chorar diariamente. Acrescentava-se àquela tristeza o recente naufrágio, no qual teria perdido mais de dois milhões de sestércios; e não lhe abalava a perda, mas não reconhecerem a sua posição, depois de ele ter perdido o seu pessoal. Além disso, teria na África trinta milhões de sestércios em terras e títulos de crédito; e com efeito, seus escravos e servidores espalhados pela Numídia eram tantos que poderiam talvez tomar de assalto

Cartago. Para completar o quadro, recomendamos a Eumolpo que tossisse bastante, que agisse como se tivesse um estômago bem mais sensível e desaprovasse publicamente todas as comidas; que falasse de ouro, prata, dos prejuízos de suas propriedades, da constante esterilidade das suas terras; que, além disso, se sentasse todos os dias para fazer contas e reformular o testamento. E para que nada faltasse à cena, cada vez que resolvesse chamar algum de nós, que trocasse os nomes, a fim de dar a impressão de que o senhor trazia ainda na memória aqueles que não estavam presentes.

Depois de decididas essas coisas e de suplicarmos aos deuses que "tudo saísse bem e tivéssemos sorte", pusemo-nos em marcha. Mas Gitão não se aguentava debaixo daquele fardo todo, e Córax, o barbeiro, repudiando aquela função, punha de lado frequentemente as bagagens, amaldiçoava os que se apressavam e ameaçava ou as bagagens lançar fora ou fugir com a carga.

"Por que vocês me tomam?", perguntava ele. "Por algum jumento ou navio de carga? Fui contratado para fazer trabalho de homem, não de cavalo. Sou tão livre quanto vocês, mesmo se meu pai me deixou uma miséria de herança."

E não satisfeito de nos injuriar, de tempos em tempos erguia o pé alto do chão e infestava o caminho com um estrondo obsceno seguido de mau cheiro. Gitão ria do atrevimento, e a cada estalido dele fazia seguir um ruído semelhante.

CXVIII

"Muitos", disse Eumolpo, "foram enganados pelo canto. Com efeito, tendo construído um verso dentro da métrica ou elaborado uma sensação através de um jogo de palavras mais rebuscado, cada qual já se imagina chegar ao Hélicon.* Assim, os que exercem ofícios forenses frequentemente refugiam-se à sombra da poesia, como se ela fosse um porto mais seguro, crentes de que se pode mais facilmente compor poemas do que sustentar uma alegação carregada de aforismos vibrantes. Mas, na verdade, quem é dotado de gênio não aprecia esse tipo de jactância, e a mente não é capaz de conceber ou gerar sem ser inundada por uma torrente assombrosa de erudição. Deve-se fugir, como eu digo, de toda vulgaridade verborrágica, e a linguagem deve ser tomada longe da plebe, para que se possa pôr em prática o dito de Horácio: *odeio a multidão ignorante e mantenho-me afastado*. Além disso, é preciso cuidar para que a maneira de sentir não ultrapasse o cerne das frases expressas, a fim de que essas brilhem com o colorido dos versos entretecidos. Homero é testemunho disso, e os líricos, e o romano Virgílio, e a ferrenha fecundidade de Horácio. Os outros, pois, ou não enxergaram o caminho pelo qual se chegava ao canto, ou tiveram medo de galgá-lo. Eis que quem quer que se ocupe de uma grande obra sobre as guerras civis vai sucumbir sob a empreitada, se não estiver pleno de erudição. Não se trata de subsumir os feitos à métrica, coisa que fazem

* Monte tradicionalmente consagrado às Musas e a Apolo. (N.T.)

muito melhor os historiadores, mas de deixar o gênio correr desimpedido pelos labirintos e ofícios divinos, pela maquinaria fabulosa das aparências, a fim de que a coisa toda se torne visível antes pelo vaticínio de uma alma delirante que sob o testemunho de um relato consciencioso – tal como esse meu ímpeto, a que ainda falta um último retoque:

CXIX

"O vencedor romano dominava já o mundo todo,
tanto o mar, como a terra, e o céu – percorrido por ambos os astros;
e não estava satisfeito. Pesados navios os mares agitados
haviam já atravessado; e se alguma enseada se escondesse ao longe,
se algum país houvesse que subtraísse seu ouro fulvo,
ali estava o inimigo, riquezas eram buscadas em tristes guerras,
conforme aos oráculos. À multidão não satisfaziam
prazeres conhecidos nem a volúpia desgastada pelo uso.
O soldado fazia o elogio do bronze de Éfira,
o brilho extraído da terra disputara com a púrpura;
aqui os númidas, lá os chineses ofereciam novas sedas,
e o povo árabe pilhara os próprios campos.
E então outras desgraças e feridas de uma paz lesada.
Busca-se como ouro nas selvas a fera, e arranca-se dos africanos
o derradeiro Ámon – para que não falte o monstro*
de dentes que valem a morte; forânea avidez acossa o exército,

* Deus egípcio que tem forma de carneiro. (N.T.)

em jaula dourada, avizinha-se o tigre transportado ao palácio,
para beber, sob os aplausos do povo, sangue humano.
Ah! Envergonha contar e mostrar destroços a consumir-se:
conforme o rito persa, desentranhar homens
quase impúberes, e as vísceras extraídas a ferro
dilacerar à Vênus, e todavia para a revoada ágil do tempo,
para que uma pausa circunscrita disperse os anos em marcha,
a natureza se pergunta e não descobre. A todos, pois,
compraz a prostituição, o passo falseado de um corpo sem nervos,
– cabelos soltos, novos tipos de roupas, aquilo tudo que
dissimula o homem. E então, desenterrada de terra africana,
uma mesa cítrea, resplandecente de púrpura e bandos de escravos,
é posta, e com infâmias imita-se o mais desprezível dos ouros,
que engana os sentidos. Esse barrote estéril e suspeito,
uma turba mergulhada em vinho circula, e do mundo todos os despojos
um soldado errante cobiça com armas roubadas.
Engenhosa é a gula. Um sargo mergulhado no mar da Sicília
trazido vivo é para a mesa, e das praias do lago Lucrino
arrancados, mariscos blasonam as jantas,
para a fome renovar com prejuízo. E é privada das aves
a onda do Fasis, e na praia muda como desertos isolados,
as brisas fazem soprar a folhagem.

No Campo de Marte, o furor não é menor; em rapinagem
e estrépito, paisanos comprados transformam ganhos
e votos.
Povo que se vende, cúria que se vende:
o apoio tem seu preço. Até dos velhos fora destruída
a independência virtuosa, a autoridade subvertida por
influências
dispersas, e corrompidos pelo ouro os próprios magistrados.
Repelido pelo povo Catão vencido, mais infeliz é aquele
que vence, e envergonha-se de roubar o poder de Catão.
Com efeito: povo indigno e ruína dos costumes –
repeliu-se não um homem, mas nele a autoridade derrotada
e o decoro dos romanos. Pois Roma desvairada à mercê
de si mesma via-se, pilhagem sem vingança.
Além disso, apanhada numa voragem dupla, sucumbia
a plebe à inundação da usura e à necessidade de dinheiro.
Nenhuma casa a salvo, nenhum corpo livre de hipoteca,
mas como se contraída silenciosamente na medula,
a doença erra e uiva enlouquecida entre os membros.
A guerra compraz aos infelizes, e bens consumidos no luxo
a golpes se restauram – salva-se a audácia destituída.
Submersa Roma nesse lodo e assim adormecida,
que artes podiam de volta trazê-la à sensatez,
senão o furor, a guerra, a lascívia a ferro animada?

CXX

"Três generais trouxera a Fortuna, destruídos todos
pela selvagem Enio, com sua massa de exércitos hostis.*
Um persa domina Crasso, no mar da Líbia jaz o Magno,

* Deusa da guerra, conhecida também como Belona. (N.T.)

Júlio banha de sangue a ingrata Roma,
e como não pudesse aguentar tantas tumbas,
o país distribui as cinzas: honras que restitui a glória.
No fundo de um abismo esquecido, um local jaz,
entre Parténope e as planícies da magna Dicearquia,
coberto pelas águas do Cocito; a exalação, com efeito,*
que dali violenta se derrama, espalha-se num refluxo fatal.
Essa terra não verdeja no outono, ou faz crescer as ervas
em céspede o campo fértil; nem pelo canto primaveril,
com ruídos discordantes, ramagens flexíveis se exprimem,
mas o caos e penedos cobertos de negro púmice
alegram-se ao redor de um funesto cipreste, ali sepultado.
Nessa morada dos infernos, Plutão ergueu a face
de chamas de pira funerária e coberta de brancas cinzas
e, como numa revoada, desafiou a Fortuna dizendo:
'Potestade das coisas humanas e divinas,
Fortuna, a quem não agrada nenhuma potestade por demais segura,
que deseja sempre o novo e sem demora abre mão das posses,
acaso não te sentes vencida pelo peso romano
e não podes levar mais longe a massa destinada à morte?
As forças dela mesma, odeia a juventude romana,
e os recursos que erigiu dificilmente sustém. Veja a luxúria
imensa de despojos e riqueza enlouquecida das perdas.
Com ouro edificam moradas, que aos astros destinam,
com pedras desviam as águas e nos campos nasce o oceano,
– invertida a posição das coisas, retomam as armas.
E já dirigem-se ao meu reino. Varada por suas construções insanas,

* Rio dos infernos. (N.T.)

a terra abre-se em fendas, pelas montanhas de que foram esvaziadas,
gemem as cavernas, e quando a pedra descobre seu oco desgaste,
os manes do inferno admitem ansiar pelas estrelas.
Por isso, age, Fortuna: transforma o semblante afável em rivalidade,
agita os romanos, e provê de ritos funerários nossos reinos.
Já há muito que não mergulhamos os rostos em carnificina,
nem minha Tisífone banha os braços ressequidos,*
desde que se embebeu a espada de Sula, e a terra arrepiada
fez irromper à luz searas nutridas de sangue'.

CXXI

"Depois de dizer essas coisas, e tentar unir sua mão
à dela, desagregou a terra rompendo-a num abismo.
E então, do coração ligeiro, a Fortuna efundiu murmúrios:
'Oh, deus, a quem obedecem os recônditos do Cocito,
se sem perigo agora me for permitido profetizar,
teus votos serão atendidos; neste peito, não menos intensa,
rebela-se a ira, e ardem, em chama pérfida, as entranhas.
Odeio tudo que concedi às cidadelas romanas –
indignam-me os ofícios que prestam a mim. Destruirá
essas represas o mesmo deus que as erigiu. À minha alma
agrada, é claro, cremar os homens; com sangue apascentar o luxo.
Morte parelha, vejo, com efeito, cobrir Filipos,
e as piras funerárias da Tessália e as honras fúnebres dos iberos.

* Uma das Fúrias. (N.T.)

Ressoa já o fragor das armas nos ouvidos que trepidam.
E na Líbia, tuas barreiras vejo gemerem, Nilo –
e o promontório de Ácio, e os que temem as armas de Apolo.
Espalha, faz moverem-se os reinos das tuas terras sedentos,
e conclama almas novas. Dos homens os simulacros
na barca mal conseguirá transportar o navegante Caronte;
necessária é uma frota. E tu, sacia-te com a descomunal ruína,
pálida Tisífone, e os golpes descerrados rumina:
aos manes dos infernos, dilacerada, a terra será conduzida'.

CXXII

"Mal acabara de falar quando, rasgada por um raio vibrante,
agitou-se uma nuvem e extinguiu o brilho emitido.
Sossegou-se o pai das sombras e, reconduzido ao centro
da terra, temendo os golpes do irmão, empalideceu.
Em seguida, a calamidade humana e os danos por vir
pelos augúrios divinos se mostraram. E assim, com face
inumana – o disforme Titã cobriu o rosto de fumo:
imaginar-se-ia, então, que as guerras civis já respirava.
Do outro lado, Diana eclipsou as faces plenas,
e ao infortúnio furtou a luz. Fendido, por vórtices deslizantes
o cimo da montanha trovejava, e aqui e ali inconstantes
não iam perecer os rios em margens conhecidas.
Com o estrépito das armas, o céu se enfurece, pelos astros
agitada, a tuba invoca Marte, e o Etna, por chamas
insólitas devorado, lança raios na atmosfera.
E então entre túmulos e ossos privados de sepultura,

zunem figuras ameaçadoras de fantasmas.
De insólitas estrelas acompanhado, um meteoro produz incêndios,
e Júpiter, animado, em nuvem sangrenta desce para o combate.
Por um instante, deus dissipa os presságios. De todos os obstáculos
livrou-se César e, levado pelo desejo de vingança,
depôs as armas gaulesas e empunhou as civis.

Nos aéreos Alpes, de onde descem, abalados
pelo zelo de um deus grego, rochedos e deixam-se consultar,
há local consagrado aos altares de Hércules: com neve perene,
o inverno o intercepta e o lança aos astros em vórtice branco.
É como se ali o céu afundasse: com raios de sol a pino
não derrete, nem com ventos da estação primaveril –
mas de borrascas e geadas se enrijecem suas formações de gelo:
toda a abóbada celeste, nos ombros ameaçadores, pode suportar.
Quando, com seu jovial soldado, pisou esses cimos e escolheu
César a sua posição, do topo vertiginoso da montanha,
de um lado a outro viu as regiões da Hespéria e –*
erguidas ambas as mãos aos astros, disse:
'Júpiter onipotente, e tu, terra de Saturno,
por meus exércitos alegrada e outrora plena de triunfos,
declaro, para essas batalhas, ser convocado por Marte,
e contrariadas trazer as mãos. Mas, expulso da minha cidade,

* Regiões ocidentais: Itália, Hispânia. (N.T.)

enquanto tinjo de sangue as águas do Reno, enquanto dos Alpes
detenho os gauleses, que de novo atacam nossos capitólios,
sou sufocado pela angústia de que vencendo é mais certo o exílio.
Pelo sangue germânico, pelos sessenta triunfos,
passei a ser criminoso. Todavia, a quem aterroriza minha glória,
os que veem as guerras, quem são? A troco de recompensas,
têm-se feitos desprezíveis, de quem minha Roma é madrasta.
Mas não impunemente, calculo, nem sem desforra, um covarde
detém minha destra. Como vencedores possessos, marchai,
como meus companheiros, e proclamai a causa a ferro.
Pois a todos um único pretexto exorta, sobre todos uma só
derrota paira. O reconhecimento a vós será devido
– sozinho não venci. E assim é, porque nossos troféus
um castigo ameaça, e com humilhação foi paga a vitória:
que a Fortuna lance a sua sorte. Dai início à guerra,
exercitai as mãos. Por certo foi expressa minha causa:
entre tão corajosas tropas desconheço quem seja vencido'.
Logo que proclamou essas coisas, do céu uma ave de Delfos
presságios favoráveis produziu, ferindo os ares com seu voo.
E do lado esquerdo de um tenebroso bosque,
estranhas vozes não deixaram de soar, seguidas de uma chama.
Mais luxuriante que de costume, o próprio brilho de Febo
avultou, cingindo sua face com um fulgor dourado.

CXXIII

"Mais corajoso que todos, moveu César de Marte
as insígnias e, passo à frente, apressa-se a novas audácias.
Primeiro, o gelo e o solo, tolhido pela neve branca,
não reagiram e, num horror plácido, aquietaram-se.
Depois, todavia, que as tropas romperam as nuvens
cerradas, e um cavalo aterrado rasgou das águas o liame,
a neve aqueceu. Dos cimos rochosos, logo ondulavam
rios recém-nascidos, mas detinham-se como se ordenados,
e extasiavam-se à vista da catástrofe as ondas contidas,
e o flagelo de pouco antes ali jazia prestes a desabar.
Então com passos antes pouco confiáveis brincou o gelo,
e enganou os pés; ao mesmo tempo, tropas, homens,
armas – numa baralhada ingrata jaziam amontoados.
E eis que as nuvens, por um sopro hirto agitadas,
entrechocavam-se, e nem faltaram ventos rasgados
em turbilhão, e a atmosfera dissipada em soberbo granizo.
As próprias nuvens, por fim, desgarradas caíam sobre o exército,
e como onda do mar ruíam as formações de gelo.
Vencida a região por colossal nevasca, vencidos os astros
siderais, vencidos os rios perplexos em seus bancos:
todos menos César; apoiado em uma grande lança,
franqueava com passos seguros os terríveis campos,
tal como, da cidadela do Cáucaso, a precipitar-se sublime
Hércules, ou Júpiter – semblante turvo,
lançado dos cumes do vasto Olimpo,
para repelir as armas dos gigantes condenados à destruição.

Enquanto César, irado, as cidadelas presunçosas abate,
com as asas agitadas e tomada de horror, a alada Fama
sobrevoa e ameaça os altos cumes do soberbo monte Palatino,
e com esse trovão romano fere todas as estátuas:
no mar flutuavam já todas as frotas e, pelos Alpes,
banhadas de sangue germano, as tropas ferviam.
Armas, sangue, cadáveres, incêndios e todas as guerras
pairam diante dos olhos. E então, levadas pelo tumulto
e horrorizadas por duas causas dividem-se as almas.
Para essa, a fuga pelas terras, para aquela, pelas ondas
– o mar vale mais que a pátria. Há quem prefira nas armas
tentar a sorte, e com os desígnios do destino flertar.
Tanto quanto temem, fogem. Miserável espetáculo,
em meio ao terremoto, ainda mais acelerado o próprio povo,
levado da cidade deserta, exortado pela mente ferida.
Roma exulta em fuga, e os velhos cidadãos debelados,
ao ouvir os rumores, os tristes tetos abandonam.
Um com mão receosa retém os filhos, outro os penates
no peito oculta, cruza a irremediável soleira e,
valendo-se de encantações, aniquila o hóspede ausente.
Há aqueles que com os amantes em aflição se unem,
velhos pais, e a juventude que os fardos desconhece.
Carrega-se aquilo pelo que se teme – tudo consigo
o imprudente transporta, e leva à batalha os despojos:
e como do alto, com força se eriçou o vento e
as águas revirou impelidas, aos nautas não valeram
nem armas nem timão – um prende a vela dos mastros,
outro abrigo procura em baías e praias tranquilas.
Por que lastimo coisas tão pequenas? Junto com outro cônsul,

Pompeu, terror do mar Negro e desbravador do selvagem Hidaspes,
flagelo dos piratas, que há pouco, três vezes exultante,
Júpiter temera; a quem, selada a sua garganta, o mar Negro
honrava, e o Bósforo, subjugada sua onda:
que vergonha! Abandonada a glória do império, foge,
para que a Fortuna as costas fugazes do Magno também veja.

CXXIV

"E então também o céu e as divindades tal calamidade perscrutou,
e a fuga se aliou ao temor dos deuses. E eis que pelo mundo,
uma tranquila multidão de deuses, com ódio abandona as regiões
enlouquecidas e se afasta do exército amaldiçoado de homens.
A Paz, à frente dos outros, braços níveos agitados,
num elmo esconde a cabeça vencida e, com o mundo para trás,
dirige-se, ligeira, ao reino implacável de Plutão.
Junto a ela, humilhada, a Confiança; de cabelos desgrenhados,
a Justiça; e com as vestes rasgadas, aflita, a Concórdia.
Mas do lado oposto, onde, fendida, abre-se a sede do Érebo,
emerge de longe o coro de Plutão: a terrível Erínia e,
ameaçadora, Belona, Megera equipada de tochas,
e Crime, e as Insídias, e a Morte de face lívida.
Em meio a elas, o Furor – como que livre das bridas –
eleva, ao longe, a cabeça ensanguentada e a face, de mil

golpes ferida, protege com o capacete vermelho;
à mão esquerda de Marte adere, gasto, pesado de inumeráveis
projéteis, o escudo; e com um cepo ardente, ameaçadora,
a sua direita, à terra, envia incêndios.

A terra sente os deuses, e os astros, transformados,
buscam exercer influência; rui, assim, dispersa,
toda corte celeste; primeiro, conduz Dione
as ações de César; a ela soma-se a companheira
Palas e, agitando a lança, Marte descomunal.
Ao Magno, acolhe Febo, com a irmã e Mercúrio,
e Hércules, a ele semelhante em todos os atos.

As tubas ressoaram e, cabelos divididos, Discórdia
aos celestes ergueu a cabeça infernal. Na face,
sangue coagulado, e moídos choravam os olhos,
corroídos de tártaro mostravam-se os dentes,
a língua vertendo pus, a boca tomada de cobras,
e todavia, junto ao peito torto e às vestes rasgadas
ensanguentadas, na mão direita tremia uma tocha.
Depois de deixar as trevas do Cocito e o Tártaro,
dirigiu-se avançando às alturas dos Apeninos,
de onde podia todas as terras e todas as praias
examinar – as tropas vagando por toda a orbe,
até que, do peito delirante, precipitou estas vozes:
'Empunhai agora as armas, povos cujo espírito ferve,
empunhai e no meio das cidades lançai as tochas.
O que se esconder será vencido; mulher nenhuma tarde,
nem rapaz ou a velhice devastada pelo tempo;
trema o próprio solo, rasgado, rebelem-se os tetos.

Tu, Marcelo, mantém a lei. Curião, aterroriza
a plebe. Lêntulo, deixa livre o corajoso Marte.
Por que, deus, agora, hesitas com tuas armas,
não quebras as portas, não destróis os muros da cidade,
não roubas as riquezas? Não sabes mais, Pompeu, zelar
pelas cidadelas romanas? Corre às muralhas do Epidamno
e as baías da Tessália, com sangue humano tinge'.

E fez-se na terra o que exortou a Discórdia."

Sucedendo-se em impressionante turbilhão as palavras vertidas por Eumolpo, finalmente entramos em Crotona. Reestabelecidas nossas forças numa pequena estalagem, no dia seguinte, em busca de uma habitação mais propícia, nos deparamos com uma turba de caçadores de heranças a perguntar quem éramos e de onde vínhamos. Seguindo, pois, a regra estabelecida de comum acordo, com palavras exageradas, revelamos de onde vínhamos e quem éramos aos que, sem questionamento, acreditavam em nós. Imediatamente, num torneio acirrado, eles cumularam Eumolpo com seus recursos.

CXXV

Durante um certo tempo, as circunstâncias em Crotona foram muito favoráveis, e Eumolpo, pleno de felicidade, esqueceu-se da má sorte de antes, a ponto de se jactar aos seus de que ninguém ali podia resistir ao seu charme e que, se cometessem alguma falta naquela cidade, ele deveria contar com a proteção de aliados. De resto eu, embora tivesse fartado o corpo, dia a dia cevado de iguarias cada vez mais abundantes, e imaginasse que o destino, com relação a mim, baixara a guarda, não podia deixar, contudo, de refletir tanto sobre a minha condição quanto sobre a sua causa, e dizia:

"E se algum desses velhacos enviar à África um aventureiro e descobrir a nossa mentira? E se já cansado de toda essa prosperidade o empregado de Eumolpo deixar escapar aos amigos algum indício e, num ato de traição invejosa, entregar a falácia toda? Sem dúvida, teremos de fugir de volta e, no final das contas, socorrer-nos, de novo indigentes, da pobreza. Deuses e deusas! Como é triste viver ao largo das leis, sempre esperando pelo que se merece!"

CXXVI

[Crísis, escrava de Circe, para Polieno]

"Porque tem consciência da própria beleza, em vez de conceder seus abraços, você seduz e os vende. A que serve, pois, sua cabeleira com pente ondulada? A que serve o rosto esfoliado com cosméticos, a exuberância agradável dos olhos? A que serve, senão para anunciar e vender a beleza, o andar ensaiado e elegante, com nenhum gesto sequer a extrapolar a cadência dos passos? Olhe para mim: não conheço os augúrios nem costumo dar atenção às esferas dos astrólogos; mas dos semblantes dos homens infiro seus costumes e, ao vê-lo avançar, sei o que você pensa. Se vende, pois, a nós o que eu peço, o comprador está preparado; se, como é mais humano, cede, faça de forma a que eu lhe deva o serviço prestado. Assim, ao se apresentar como escravo e pobre, você incita o desejo de quem arde. Algumas mulheres, pois, excitam-se com os que são de baixa condição, e só se inflamam de desejo ao verem escravos ou ordenanças de trajes curtos. Outras se excitam diante da arena, ou diante de um cocheiro coberto de pó, ou diante do histrião que se exibe em cena. Minha patroa é conhecida por, no teatro, sempre desprezar os assentos destinados aos senadores, e ir buscar junto à mais baixa plebe alguma coisa que lhe agrade."

Satisfeito com um discurso tão lisonjeiro, eu disse:

"Por acaso, não seria você aquela que me deseja?"

A frivolidade do argumento fez a escrava soltar o riso, e ela disse:

"Não seja tão convencido. Até hoje, nunca deixei-me abater por um escravo. Nem permitam os deuses que eu abrace essa cruz. Gostam disso as matronas, que de boa vontade beijam as marcas deixadas pelos açoites. Eu, mesmo se escrava, não monto senão em cavaleiros."

Pus-me a refletir sobre aquela libido tão discordante e enumerar, entre os prodígios deste mundo, que a escrava tinha a soberba de uma matrona e a matrona, a humildade de uma escrava.

A fim de levar ainda mais longe o deboche, exortei a escrava a trazer a patroa ao bosque de plátanos. A jovem gostou da ideia. Levantou, então, a túnica e esgueirou-se em meio aos loureiros silvestres que margeavam o caminho. Sem muita demora, fez sair a patroa do esconderijo e ao meu lado deixou uma mulher mais bem esculpida do que todas as estátuas. Nenhum relato poderia convir à sua beleza, e tudo que eu dissesse deixaria a desejar. Os cabelos, naturalmente ondulados, derramavam-se sobre os ombros; uma testa pequena, que empinava para trás a raiz dos cabelos; sobrancelhas que se estendiam até a linha das maçãs do rosto e de volta, perto dos olhos, quase se misturavam; olhos que brilhavam mais do que cintilam estrelas em noite sem lua; narinas levemente inclinadas, e uma boca como aquela que Praxíteles atribuiu a Diana. Além disso, o queixo, e o pescoço, e as mãos, e a candura dos pés disposta em meio a uma graciosa redinha de ouro: teria ofuscado o mármore de Pário. Pela primeira vez, desprezei Dóris, a quem antes amava.

*

O que aconteceu, Júpiter, que, de armas depostas,
entre os deuses, fazes calar a fábula muda?
Era hora de arremeter com os cornos a fronte turva,
com plumas, dissimular os cabelos brancos.
Eis a verdadeira Dânae. Experimenta tocar-lhe
o corpo
– hão de incendiar-te os membros ardentes de lava.

CXXVII

Encantada, ela riu tão ternamente, que seu rosto intenso me pareceu como a lua que avança em noite sem nuvens. Em seguida, moldando a voz com o movimento dos dedos, ela disse:

"Se você não desdenha uma mulher elegante, e que esse ano experimenta seu primeiro homem, uno-me a você, jovem, como companheira. Você tem um companheiro – e não fiquei aborrecida ao descobrir isso –, mas o que é que o impede de ter também uma companheira? É para isso que venho. Caso ache conveniente, sinta-se à vontade para conhecer meu beijo."

"Ao contrário, pela sua beleza, peço que não desdenhe acolher entre os seus admiradores um estrangeiro. Você vai ver o quanto sou respeitoso, caso me permita adorá-la. E para que não julgue que eu queira me aproximar de graça deste templo do Amor, dou-lhe também o meu companheiro."

"O quê?", perguntou ela. "Então você me dá aquele sem quem não pode viver, cujo beijo estima tanto? Aquele a quem você ama da mesma forma como lhe desejo?"

E ela própria, ao dizer isso, reunia na voz tanto encanto, era tão doce o som que penetrava acariciando a atmosfera, que você imaginaria que sereias cantavam em pleno ar. E então, contemplando algo que parecia reluzir mais que o céu iluminado, eu quis saber o nome da deusa.

"Como? Minha serva não lhe disse que me chamo Circe? Mas não sou filha do sol, nem minha mãe, quando quis, pôde deter o movimento das esferas. Vou ter, entretanto, uma coisa a agradecer aos céus, se o destino nos unir. Ah! Não sei bem que deus, com planos secretos, já age. Não é por nada que Circe ama Polieno: acende-se para sempre uma estrela, entre os dois nomes. Arrebata-me, pois, num abraço, se esse é o seu desejo. Não há por que recear a presença de nenhum curioso: seu companheiro está longe daqui."

Ao dizer isso, envolveu-me com braços mais suaves que plumas e deitou-me sobre a relva coberta de flores.

Do alto do monte Ida, flores tais espalhou
a mãe Terra, quando, ao amor concedido, uniu-se
Júpiter, e do peito todo lançou chamas:
brotaram rosas, violetas e a branda junça,
e do verdejante prado riram os lírios:
assim, em brandas ervas, Vênus foi atraída ao solo,
e o dia resplandecente, ao amor secreto, favoreceu.

CXXVIII

[Circe a Polieno]

"O que foi?", perguntou ela. "Acaso fez-lhe mal o meu beijo? Trago o hálito entorpecido pelo jejum? Cheiram a suor as axilas descuidadas? Se não é nada disso, então é por Gitão que você receia?"

Vermelho de vergonha, se alguma força eu ainda tinha, perdi – o corpo todo frouxo e diminuído:

"Suplico, rainha, não faça troça das minhas misérias. Fui enfeitiçado."

*

[Circe]

"Diga-me, Crísis, mas a verdade: acaso sou feia? Grosseira? Algum defeito de nascença desfigura a minha beleza? Não ouse enganar a mim. Quero saber que erro cometemos."

Diante do silêncio da escrava, arrebatou dela um espelho, e depois de ensaiar todas as expressões esculpidas nos amantes pelo ridículo, sacudiu a veste amarrotada pela grama e entrou apressada no templo de Vênus. Eu, pelo contrário, culpado e como que horrorizado diante daquela cena, perguntei-me se o gosto mesmo das coisas não me fora roubado.

Tal como, no estupor da noite, enganam sonhos
olhos errantes e, à luz, a terra escavada seu ouro
exibira: mão desonesta revolve um furto
e rouba riquezas, também o suor banha as faces
e invade a mente o remoto temor de que, o colo
pesado, com ouro secreto, agite um cúmplice:
e mesmo quando, da mente golpeada, alegrias fugiram
e regressa a figura justa, o espírito opta pelo que perdeu
e ao redor da imagem passada todo ele gira.

CXXIX

[Encólpio a Gitão]

"Acredite em mim, irmãozinho, é difícil de entender, mas é como se eu não me sentisse homem. Está morta aquela parte do meu corpo que fazia de mim um Aquiles."

[Gitão a Encólpio]

"E em nome disso eu lhe agradeço, já que você me estima com honestidade socrática. O próprio Alcibíades nunca esteve tão seguro ao deitar-se na cama do seu preceptor."

*

Temendo que ao ser descoberto naquele local retirado pudesse dar azo a fofocas, o menino saiu correndo e escondeu-se dentro de casa.

*

Todavia Crísis entrou em meu quarto e entregou-me um bilhete da sua patroa, em que estava escrito: *Circe a Polieno, saudações. Se eu fosse uma devassa, decepcionada, protestaria; mas agora agradeço pelo teu langor. À sombra da volúpia, diverti-me ainda mais. Quero saber, todavia, como você está passando, e se chegou em casa pelos próprios pés; negam, pois, os médicos que, privados dos nervos, os homens possam andar. Direi a você, meu jovem, para tomar cuidado com a paralisia. Nunca vi um doente em tão grande perigo; pelo deus Fídio, você já deu o que tinha de dar. Se o mesmo torpor atacar teus joelhos e tuas mãos, convém mandar à* *frente os trombeteiros.* Mas e então? Mesmo depois de tão ofendida, não vou negar remédio a um miserável. Se quer recuperar a saúde, peça a ajuda de Gitão. Afirmo que você terá os nervos de volta, se dormir três dias sem o companheiro. Quanto a mim, não temo encontrar ninguém a quem agrade menos. Nem o espelho nem a fama me desmentem. Passe bem, se possível.*

Ao perceber que eu lera o insulto do início ao fim, Crísis disse:

"Coisas assim acontecem, principalmente nesta cidade, em que mulheres até a trajetória da lua desviam... Mas o que está em jogo é a sua cura. Escreva, pois, de volta à minha patroa uma carta lisonjeira e, através dessa gentileza, faça com que ela recobre o bom-senso. É preciso confessar a verdade: desde que foi ofendida, anda fora de si."

De boa vontade, obedeci à escrava, e compus minha mensagem com as seguintes palavras:

CXXX

Polieno a Circe, saudações. Confesso, senhora, ter procedido mal muitas vezes, pois sou homem e jovem. Jamais, contudo, antes daquele dia, cometi falta que pudesse me levar à morte. Eis a minha confissão: o que quer que a senhora tenha dito, mereci. Cometi uma traição, assassinei um homem, violei um templo: em função desses crimes, seja determinado o castigo. Se a morte lhe apraz, apresento-me com a espada; se o açoite lhe parecer suficiente, corro até aí já nu. Lembre-se apenas disto:

* Que tocam em enterros. (N.T.)

quem falhou não fui eu, mas o equipamento. Soldado preparado, faltaram as armas. O que teria causado esse distúrbio, não sei. Talvez o espírito tenha se antecedido ao compasso do corpo; talvez, ao desejar tudo muito ardentemente, a volúpia tenha se consumido antes do tempo. Não imagino o que possa ter acontecido. Quanto ao cuidado que devo tomar com a paralisia: nenhuma pode ser maior que aquela que me impediu de possuí-la. Dessas minhas desculpas, pois, o mais importante é isto: se me permite emendar a culpa, prometo satisfazê-la.

*

Depois de despachar Crísis com aquela proposta, tratei com todo o cuidado meu corpo criminoso, valendo-me, em vez do banho, de um unguento suave, e em seguida de alimentos energéticos, quer dizer, cebolas e caracóis sem molho, e um pouco de vinho. Em seguida, pronto para o sono depois de uma leve caminhada, entrei no quarto sem Gitão. Preocupava-me tanto com aquela reconciliação, que receava até mesmo a presença ao meu lado do companheiro.

CXXXI

No dia seguinte, ao levantar-me sem que nenhuma indisposição me afetasse o corpo ou a alma, fui até o mesmo bosque de plátanos, mesmo receando ser aquele um local de mau agouro, e esperei que Crísis me conduzisse pelo caminho entre as árvores. Sem perder muito tempo caminhando, sentei-me onde me sentara no dia anterior, e ela então apareceu trazendo em sua companhia uma velha. Ao me cumprimentar, disse:

"E então, seu presumido, recuperou a disposição?"

A velha tirou do bolso um cordão urdido com fios de várias cores e o amarrou ao meu pescoço. Depois, com o dedo médio, pegou de um pó misturado com cuspe e traçou na minha testa um sinal repugnante...

Concluído o encanto, mandou-me cuspir três vezes e três vezes lançar, no peito, pedrinhas que ela própria encantara e envolvera em púrpura e, aproximando-se de mim com as mãos, tratou de despertar as forças dos meus genitais. E exultante de alegria, disse:

"Você está vendo, minha Crísis? Está vendo? Que bela lebre levantei, para as outras?"

Sombras de verão espalhara o ágil plátano
e Dafne cingida de frutos e os trêmulos ciprestes
e ao redor de pinheiros ceifados, trepidante redemoinho.
Entre elas, divertia-se em águas inconstantes o rio
espumoso e, na corrente ruidosa, vexava as pedrinhas.
Local à altura do amor: de prova, o rouxinol silvestre
e a urbana Procne, que – espalhados ao redor da relva –,
violetas delicadas e os campos, com seu canto, vigiam.

*

Lânguida, estreitava ela o pescoço marmóreo de encontro ao travesseiro dourado e descansava abanando-se com um ramo de murta florido. Mas assim que me viu enrubesceu de leve, lembrando-se certamente da ofensa da véspera; depois, indo embora os demais, e tendo eu, a seu convite, sentado-me do seu lado, colocou o ramo sobre os meus olhos e, como que animada pela parede assim interposta, disse:

"E então, paralítico? Hoje não está lhe faltando nada?"

"Prefere perguntar a provar?", respondi.

E com o corpo todo entregue ao abraço dela, usufruí à saciedade dos seus beijos agora livres de sortilégio.

CXXXII

[Encólpio, a respeito do menino Endímion]

A própria beleza aliciante do seu corpo atraía-me aos prazeres. Os lábios estalavam inúmeros beijos, as mãos enlaçadas inventavam todo tipo de amor, os corpos enroscados misturavam até as almas.

*

A matrona, todavia, ultrajada por tamanhas afrontas, precipita-se à vingança. Chama os criados de quarto e manda me darem uma surra. Não satisfeita de me insultar daquela maneira, chama todas as fiandeiras da casa e a parcela mais vil da criadagem e manda me cuspirem. Protejo os olhos com as mãos e, sem dizer palavra, pois sabia que merecia aquilo, debaixo de cuspes e chicotadas, sou arremessado porta afora. Proselenos também é expulsa, e Crísis surrada, e a casa toda agastada pragueja e pergunta quem teria perturbado o bom humor da patroa.

*

Mais confiante depois da devida punição, escondi, entretanto, habilidosamente as marcas das chicotadas, para que o ultraje recebido não aumentasse nem a alegria de Eumolpo nem a tristeza de Gitão. E porque só aquilo podia convir à decência, simulei uma fraqueza e, escondido no leito, dirigi todo o furor que me incendiava àquilo que fora a causa de todos os meus males:

Três vezes, agarrei a machadinha de dois gumes,
três vezes – mais mole que broto de erva rastejante,
indaguei o ferro, que tímido mal se prestava ao uso.
E já não era capaz do gasto que antes agradava;
pois mais frio que o medo paralisante, o inverno
refugiara-se em minhas partes cobertas de mil rugas.
Assim não pude ao suplício oferecer a cabeça,
e escarnecido pelo medo mortífero da forca,
às palavras – fatíferas e infestas –, recorri.

Apoiado no cotovelo, eu então fustiguei o obstinado com um discurso ferino:

"O que é que você tem a dizer, vergonha de todos os homens e de todos os deuses? Pelas leis divinas, nem mesmo é lícito denunciar você como coisa verdadeira. O que foi que contra você eu fiz, para ser do céu atirado aos infernos? Para que se fizesse passar o espetáculo verdejante dos melhores anos, e fosse imposto a mim o cansaço da velhice e da morte? Livra-me, pois, de vez dessa dívida."

Enquanto, furioso, despejava aquelas palavras,

Ela, hostil, não desviava os olhos do chão,
nem, para a conversa, o rosto – mais que indolentes
salgueiros e papoulas de extenuado caule –, moveu.

Eu mesmo, terminada a repreensão imunda, comecei a me arrepender daquele meu sermão, porque, deixando de lado o pudor, eu tinha como que discutido com aquela minha parte em que homens sabidamente mais sérios não admitiam sequer pensar. Em seguida, depois de muito esfregar o rosto, eu disse:

"Mas que mal se faz ao descarregar uma dor natural através de um insulto? Também não se costuma amaldiçoar a barriga, a goela ou a cabeça, quando doem com frequência? E então? Acaso não discute Ulisses com o próprio coração, e além disso, não imprecam os trágicos contra os olhos como se esses pudessem ouvi-los? Os que sofrem das articulações maldizem os pés, ou as mãos. Os cegos maldizem os olhos, e os que costumam topar em alguma coisa que lhes machuca os dedos descontam a raiva nos pés. Nada é mais falso que convicções enfadonhas, nada é mais enfadonho que a austeridade fingida!"

Por que, Catões, me olhais com as frontes franzidas,
e obra de insólita simplicidade amaldiçoais?
Através de diálogos simples, não tristes, diverte,
e o agir do povo, com eloquência nítida, refaz.
Quem, pois, amantes e prazeres de Vênus desconhece?
e, em bossa aquecida, se priva de incendiar os membros?
Ratificou o próprio pai da verdade, douto Epicuro –
o vício –, e disse não conhecer da vida outro telos.

CXXXIII

Finda aquela declamação, chamo Gitão e digo:

"Conte a mim, irmãozinho, mas com sinceridade: naquela noite em que Ascilto levou você de mim, ofegou vigilante até consumar o ato ou dormiu casto e irrepreensível?"

O menino passou a mão nos olhos e jurou solenemente não ter sofrido nenhuma violência por parte de Ascilto.

*

...ajoelhado na soleira da porta, procurei afastar a divindade hostil:

De Baco e das ninfas companheiro, tu, que a bela
Dione à deusa da mata fértil ofereceu, e a quem obedece
a famosa Lesbos e Tasos verdejante, adorado pelo rio lídio
de sete braços, que à Hipepa impõe teu templo:
aproxima-te tutor de Baco e volúpia das Dríades
– recebe minhas tímidas preces. De sangue lúgubre,
não venho manchado, contra templos inimigos não ergui,
ímpio, a mão direita, mas pobre e pela necessidade
arruinado, com parte do meu corpo um crime cometi.
Quem pobre comete falta é réu menor. E, assim, peço:
desobriga a inteligência e um delito menor perdoa,
e na hora em que a Fortuna tiver a mim sorrido,
à tua glória não deixarei de agradecer. Irá aos teus

altares, ó venerável, um bode, cabeça do rebanho,
cornígero, e, acompanhada da prole, ruidosa porca.
Espumará fluida a estação nas páteras. À volta do templo
– ébria, três vezes festeira, andará a juventude.

*

Enquanto rezo e olho desconfiado à minha parte moribunda, entra no templo aquela velha cujos cabelos arrancados e a veste negra deixavam tão feia e me leva pela mão até o pátio.

CXXXIV

[A velha Proseleno a Encólpio]

"Que feiticeiras devoraram os seus nervos? Em que tipo de despacho ou defunto você esbarrou à beira da encruzilhada? Sequer a um menino você foi capaz de fazer justiça: mole, débil, lasso, como cavalo carregado subindo a ladeira, deitou a perder o trabalho e o suor. E não bastando as faltas que você mesmo comete, ainda excita contra mim a ira dos deuses!"

*

Mas, sem que eu mostrasse resistência, levou-me à cela da sacerdotisa, derrubou-me sobre o leito, pegou uma cana junto à porta e, enquanto eu continuava quieto, bateu-me. E não tivesse a cana se rompido ao primeiro golpe e assim diminuído o ímpeto da verduga, de certo teria me rompido os braços e a cabeça. Mas eu chorava sobretudo por causa da impotência e, sentindo as lágrimas que corriam abundantes, eu escondia com a mão direita a cabeça, enfiada numa almofada. E ela, não menos atrapalhada com meu choro, sentou-se do outro lado do leito e passou a reclamar, com voz entrecortada, do quanto ela já tinha vivido, até que interveio a sacerdotisa:

"O que fazem na minha cela, como se estivessem diante de um túmulo recém-coberto? E isso em dia de festa, quando divertem-se até os que estão de luto!"

[Proseleno para Enótea, sacerdotisa de Príapo]

"Oh, Enótea! Este jovem que aqui você vê, nasceu sob uma estrela ruim, incapaz de fazer valer os próprios dons, seja com menino seja com menina. Você nunca viu homem tão infeliz: o que tem não é um sexo, mas pedaço de couro mal curtido. Em suma: quem você já viu levantar-se incólume do leito de Circe?"

Ouvidas essas coisas, Enótea sentou-se entre nós e, depois de balançar a cabeça, disse:

"Sou a única capaz de curar esse tipo de doença. E para provar o que digo, peço que o jovem passe aqui a noite: mais duro que um chifre, hei de entregar-lhe isso de volta.

Se circula no mundo, me obedece. Terra florida,
condensada a seiva, seca e morre, se quero –
se quero, desabam obras, e de ásperas rochas, penedos,
lançam-se as águas do Nilo. A mim, curva-se o oceano,
ondas inertes, e aos meus pés, caladas as rajadas,
Zéfiro depõe-se. Obedecem-me os rios,

os tigres da Hircânia, dragões imobilizados.
Que insignificâncias digo? A imagem da lua desce,
atraída por meus encantos, os cavalos, desvairados,
demove Apolo, receoso, e faz retomarem o curso.

Eis a força das palavras. O ardor dos touros se aplaca,
extinto com o sacrifício das virgens, Circe, filha de
Apolo,
os companheiros de Ulisses, com encantos,
transformou,
e Proteu é aquilo que bem deseja. Versada em tais
artes, os rebentos do Ida retenho num abismo,
e os rios, em contrapartida, ergo ao mais alto cimo.

CXXXV

Arrepiei-me assustado diante de uma promessa tão fabulosa, e contemplei atentamente a velha.

"Submeta-se, portanto, ao que eu disser", exclamou Enótea e, depois de lavar cuidadosamente as mãos, inclinou-se sobre o pequeno leito e beijou-me várias vezes.

No meio do altar, Enótea ajeitou uma velha mesa, que encheu de carvões em brasa, e consertou, com resina aquecida, uma gamela já rachada pelo longo uso. Enfiou, então, de volta na parede, enegrecida de fumaça, o prego que, junto da gamela, por ela fora trazido. Em seguida, envolta num manto quadrado, colocou no braseiro um enorme caldeirão, depois tirou da despensa, com a ajuda de um gancho, um saco surrado de pano, no qual guardava a fava para consumo, e um pedaço já muito seco e todo talhado de cabeça de porco. Depois de desfazer o nó da sacola, espalhou parte dos legumes sobre a mesa e mandou que eu os debulhasse com atenção. Obedeço à ordem dela e ponho de lado, delicadamente com a mão, os grãos cujas cascas estão muito sujas. Ela, todavia, censurando a minha indolência, apanha esses que não estão bons, despoja-os por inteiro das vagens com os dentes, e depois cospe-as no chão como se fossem moscas.

*

Evidentemente, eu estava admirado daquele talento singular que emergia da pobreza e de suas habilidades:

Ali não fulgia o marfim indiano, incrustado em ouro,
nem a terra coberta de mármore irradiava
escondida sob suas dádivas, mas sobre um trançado
de vime, madeira de Ceres, e copos de barro fresco,
que a roda de oleiro moldara num movimento fácil.
Depois, a bacia em que gentilmente gotejava água e,
num tronco inclinado, cestas e um jarro de Baco sujo.
Ao redor, paredes forradas de palha seca que,
com barro esparso, enumeravam pregos rústicos,
e dependurada uma vara verde de junco.
Além disso, a pequena casa conservava a sua riqueza
suspensa numa trave do teto enegrecido pelo fumo:
enlaçadas a grinaldas, pendiam sorvas maduras,
e velhas segurelhas e cachos de passas de uva.

Tal como na Ática foi a terra hospitaleira,
digna da divina Hécale, que a Musa em versos
transmitiu para a admiração dos tempos.

CXXXVI

Ela separara um pouco da carne e, com a ajuda do gancho, colocava de volta na despensa aquele pedaço de cabeça de porco que parecia tão velho quanto ela, quando a cadeira em que tinha subido para ficar mais alta quebrou de podre, e a velha, derrubada pelo próprio peso, foi lançada sobre o braseiro. Quebrou-se, então, a borda do caldeirão, e o fogo, que recém começava a ganhar forças, se apagou. Ela ainda machucou o cotovelo por causa de um tição aceso e ficou com o rosto todo coberto das cinzas que se levantaram. Assustado, é claro, dei um pulo e, sem poder conter o riso, levantei a velha. Imediatamente, ela correu à vizinhança em busca de alguma coisa para reacender o fogo, a fim de que o ritual não fosse atrasado.

E assim, avancei até a pequena porta da cabana...

...e eis que três gansos sagrados que, imagino, ao meio-dia costumavam exigir da velha a sua ração, se precipitam sobre mim, num alarido pavoroso que parecia motivado pela raiva, e cercam-me trêmulo. Enquanto um rasga minha túnica, outro desamarra o cadarço do meu sapato e o leva consigo. O líder, que era o mais bravo, não teve dúvidas de me ferir a perna com o bico serrilhado. E eu, então, esquecendo-me de todo o resto, arranquei o pé da mesa e, armado dele, tratei de dar um jeito naquele animal truculento. Não satisfeito em deferir-lhe uma paulada fatal, comemorei sua morte:

Assim, suponho, impelidas pela astúcia de Hércules,
abalaram-se ao céu as aves do Estinfalo, e as Harpias
vacilantes, quando na comida ilusória de Fineu
regurgitaram veneno. Estremeceu espantada a
atmosfera
e confusa, com os ruídos insólitos, a realeza celeste.

*

Quanto aos restantes, já tinham apanhado as favas caídas e espalhadas por todo o chão e, vendo-se sem o apoio do líder, conforme imagino, voltado ao templo, quando eu, satisfeito com o butim e a desforra, joguei para trás do leito o ganso morto e banhei com vinagre a ferida não muito profunda da minha perna. Em seguida, temendo ser repreendido, decidi ir embora dali e, recolhidas as minhas coisas, saí da casa. Mas mal eu cruzava a soleira da porta quando vi Enótea trazendo fogo num vaso de barro. Dei, portanto, meia-volta e depois de atirar longe o meu manto fiquei parado na entrada, como se esperasse pela moradora. Com a ajuda de um pedaço de cana, ela atiçou o fogo que tinha trazido e, derrubando-o sobre uma boa lenha, tratou de desculpar-se pela demora, pois a amiga não lhe deixara partir sem esvaziar, como era a regra, três copos de bebida.

"Mas e você, o que foi que fez na minha ausência? Onde estão as favas?"

Eu, que imaginava ter feito uma coisa digna de elogios, relatei a ela toda a briga, do início ao fim, e para que não se entristecesse por mais tempo, prometi compensar-lhe a perda com outro ganso. Mas ela, ao ver com os próprios olhos o desastre, fez tamanho alarido que se poderia pensar que os gansos entravam de volta porta adentro. Confuso e estarrecido diante da gravidade do crime, quis saber por que ela se enraivecia daquela forma e por que merecia o ganso mais compaixão do que eu.

CXXXVII

Mas ela, batendo com violência as palmas das mãos, disse:

"Você ainda tem coragem de abrir a boca? Facínora! Mal sabe a gravidade da infâmia que cometeu. Você matou a delícia de Príapo! Matou o ganso que as matronas mais reverenciavam! Se você imagina que o seu ato não tem consequências, saiba que, se algum magistrado ficar sabendo dele, a punição é a cruz. Você profanou com sangue a minha casa, até então inviolada. Qualquer inimigo que queira pode agora me banir do sacerdócio."

"Por favor, não grite", disse eu. "No lugar do ganso, dou-lhe uma avestruz."

*

Enquanto, diante do meu olhar espantado, ela se sentava no leito e lamentava o fim do ganso, apareceu

Proselenos com o aparato para o sacrifício. Depois de ver o ganso morto e perguntar a causa daquela tristeza, a velha chorou também copiosamente e deplorou o meu ato como se se tratasse de um parricídio, e não do assassínio de um simples ganso.

Cansado daquela aporrinhação, eu disse:

"Por favor, respondam-me: deve haver um preço para que eu volte a ter as mãos limpas, não? Eu não as desacatei nem cometi homicídio. Eis aqui duas moedas de ouro, com que podem comprar gansos e deuses."

Ao vê-las, Enótea disse:

"Você não entendeu, meu jovem. Foi pelo seu próprio bem que fiquei assim inquieta. Não agi de má-fé, tendo em vista alguma ninharia. Nós vamos dar um jeito para que ninguém descubra nada. No mais, peça aos deuses que perdoem o que você fez."

Navegue, quem tem dinheiro, com ventos seguros
e regule a fortuna conforme o seu arbítrio.
Case-se ele com Dânae e ser-lhe-á permitido
ordenar o próprio Acrísio a acreditar nela.
Componha, declame, faça ecoar todos os cantos,
e alcançará feitos superiores aos de Catão.
Jurisconsulto, seu parecer deve prevalecer,
tanto quanto prevalecem os de Labeão e Sérvio.
Para resumir: aquilo que quiser, peça com dinheiro à mão,
e o ofereça. A arca abarca Júpiter.

Embaixo das minhas mãos, ela colocou uma gamela e, enquanto limpava meus dedos estendidos com alho-poró e aipo, fez um voto e mergulhou avelãs no vinho. Conforme as nozes submergiam até o fundo ou voltavam à superfície, ela tirava dali suas conclusões. Mas com isso não me enganou, pois nozes ocas e sem polpa boiam à superfície dos líquidos, enquanto as pesadas e polpudas são tragadas para o fundo.

Depois de abrir o peito do ganso, extraiu dele o seu belo fígado, com o qual previu meu futuro. Ainda, para que não restasse nenhum indício do sacrilégio, enfiou num espeto o ganso esquartejado e preparou uma lauta refeição àquele que, como ela pouco antes dissera, estava à beira da morte. No meio disso, o vinho puro não era economizado.

CXXXVIII

Enótea apareceu com um falo de couro que, envolvido em azeite, pimenta miúda e semente de urtiga triturada, ela tratou de enfiar devagar no meu ânus.

Em seguida, a velha, crudelíssima, espalhou aquele líquido nas minhas coxas.

*

Misturou suco de mastruço com abrótano, que derramou sobre as minhas partes, apanhou um maço de urtiga verde e, com ele, me fustigou lentamente, por tudo, até a altura do umbigo.

*

As velhas, sem dúvida estimuladas pelo vinho e levadas pelo capricho, tentam impedir minha fuga e, perseguindo-me por umas ruas, gritam:

"Pega ladrão!"

Mas escapei, mesmo se feri os dedos todos ao descer em disparada a ladeira.

Perguntei a Gitão se ninguém tinha me procurado.

"Hoje, ninguém", disse ele. "Mas ontem uma mulher, que não era nenhuma idiota, entrou porta adentro e, depois de ficar me enrolando por um bom tempo, até me cansar com a sua fala afetada, declarou, por fim, que você tinha cometido um crime e que seria punido como um escravo, se a vítima não retirasse a queixa."

*

"O que de comparável àquela beleza teriam tido Ariadne ou Leda? O que poderia Helena, ou mesmo Vênus, contra ela? O próprio Páris, juiz de deusas caprichosas, se olhos tão provocadores como os dela tivesse visto, não deixaria de lado Helena e as deusas? Se ao menos me fosse permitido roubar-lhe um beijo e abraçar aquele peito celeste e divino, talvez a esse corpo voltassem suas forças e recuperassem a sensibilidade aquelas partes entorpecidas, creio eu, por um feitiço. A mim não cansam nem os seus ultrajes: mal sei por que fui chicoteado, por que fui expulso – quiçá, seja tudo de mentira. Se ao menos eu caísse de novo em suas graças..."

CXXXIX

Sacudi a cama tantas vezes pelo uso, como certa imagem pela qual me afeiçoara.

*

Não só eu, pela vontade divina e a ruína implacável,
sou perseguido. Bem antes, Hércules suportou,
pela ira de Juno acossado, o peso dos céus, Pélias
padeceu diante da sinistra Juno, Laomedonte, pasmo,
a exércitos fez frente, Télefo, a ira de duas divindades,
saciou, e o reino de Netuno apavorou Ulisses.
Por terras, pela superfície prateada de Nereu, também
a mim, segue a terrível ira de Príapo do Helesponto.

*

Eu ainda não tinha terminado o meu lamento quando Crísis apareceu inesperadamente e lançou-se sobre mim, dando-me um afetuoso abraço. Ela disse:

"Você é meu, como eu esperava! Minha paixão, meu encanto: esse fogo, só com sangue você apaga."

*

Um dos novos escravos apareceu de repente e disse que o patrão estava muito irritado comigo, que já pelo segundo dia não aparecia para trabalhar. Seria bom, portanto, que eu preparasse alguma desculpa convincente, pois, irado como estava, dificilmente aconteceria de a raiva dele diminuir sem açoite.

*

CXL

Uma matrona, que estava entre as mais virtuosas, chamada Filomena, que sempre dera um jeito de obter muitas heranças, graças aos favores da idade, quando velha, ao extinguir-se a sua beleza, oferecia o filho e a filha a todos os velhos do mundo e, deixando-se assim suceder, continuava a expandir sua arte. Ela procurou, pois, Eumolpo, e confiou seus filhos à sua sabedoria e bondade... entregando-se ela própria e suas esperanças a ele. Era o único no mundo todo que podia fazer aqueles jovens progredirem na aprendizagem de princípios sensatos. Em suma, deixava os meninos na casa de Eumolpo, para que ouvissem suas lições: só essa herança podia dar-lhes. E não agiu de outra forma, mas deixou num quartinho a belíssima filha e o adolescente e fingiu ir ao templo para declarar solenemente os agradecimentos. Eumolpo, tão probo que até a mim podia tomar como menino, não tardou em convidar a menina para o ritual sacro das nádegas. Mas dissera a todos que sofria de gota e dor nas costas, e se não se conservasse fiel à mentira, corria o risco de fazer cair por terra toda nossa farsa. E assim, para assegurar a verdade da história, exortou a menina a sentar-se sobre a sua tão recomendada bondade, ao passo que Córax deveria colocar-se debaixo da cama em que ele estava deitado e, apoiando as mãos no chão, movimentar o patrão com as costas. Com certa moleza, Córax se submeteu à ordem, recompensando a habilidade da menina com movimentos correspondentes. Ao perceber, pois, que a coisa produziria seu efeito, Eumolpo, em alto e bom som, exortava Córax a acelerar o ritmo. E assim, posicionado entre o empregado e a amiga, o velho sentia-se ele mesmo uma espécie de balanço, e eram muitas as gargalhadas. E então até mesmo eu, não querendo pôr aquele tempo todo a perder, desocupado, enquanto o irmão observava, pela fechadura, a irmã atrelada àquela invenção, acheguei-me a ele para ver se aceitava uma investida. E o menino, bem instruído, diante da carícia, não ripostou, mas o meu inimigo divino mesmo ali me descobriu.

*

"São mais fortes os deuses que me restituíram são e salvo. Mercúrio, pois, que costuma levar e trazer de volta as almas, me restituiu benefícios suprimidos por mão colérica. Isso para que você saiba que sou mais favorecido que Protesilau ou qualquer outro dos antigos."

Dito isso, ergui a túnica e exibi a Eumolpo a derradeira prova. Ele, contudo, primeiro se assustou, depois, para comprovar, tocou com ambas as mãos a graça pelos deuses concedida.

"Sócrates, sábio entre deuses e homens... costumava jactar-se de nunca levantar os olhos para uma taberna, nem confiá-los a agrupamentos muito numerosos. Na verdade, nada é mais agradável que conviver com gente sábia."

"Isso tudo é verdade", disse eu, "e nenhum homem deve incorrer mais rapidamente em desgraça que aqueles que cobiçam os bens alheios. Mas de que viveriam os vagabundos, os gatunos, senão através dos cofrinhos, das bolsinhas tilintantes de moedas que eles oferecem à turba como iscas? Assim como se atraem as bestas com comida, os homens não seriam apanhados caso não nutrissem a esperança de abocanhar alguma coisa."

CXLI

"Não veio da África, como você prometera, o navio trazendo o seu dinheiro e os seus escravos. Os caçadores de herança, cansados, já não se mostram tão generosos. Então, se não estou enganado, é hora de começarmos a nos arrepender da sorte."

*

"Todos aqueles que são beneficiários do meu testamento, com exceção dos meus escravos libertos, recebem o que dei a eles sob a condição de cortarem meu corpo em pedaços e comê-lo diante do povo."

*

"Sabe-se que alguns povos observam o costume de que os defuntos sejam consumidos por aqueles que deles são próximos, por isso inclusive repreendem frequentemente os doentes, que fazem a própria carne estragar. Por isso, exorto meus amigos a não repudiar minha ordem e que, com o mesmo ânimo que se consagram ao cultivo do meu espírito, consumam o meu corpo."

"Quanto à repulsa do seu estômago, nada tenho a temer. A ordem será seguida, se você prometer a ele, pelo enjoo de uma hora, grandes compensações. Feche, pois, os olhos e imagine comer não vísceras humanas, mas um milhão de sestércios. Além disso, descobrimos alguns temperos com os quais o sabor se transforma. Não há carne, aliás, agradável em si mesma: são destruídas por alguma arte, de forma que o estômago com elas se conforme. E se você quer que eu prove através de algum exemplo o que estou dizendo, saiba que os saguntinos subjugados por Aníbal comeram carne humana, e sem receber por isso qualquer herança. Os petelinos fizeram o mesmo quando não aguentavam mais de fome, e não pretendiam mais nada com o banquete senão evitar a morte. Quando a Numância foi capturada por Sipião, descobriram mães que traziam no colo, meio roídos, os filhos."

*

A fama de sua imensa fortuna fazia romper os olhos e os ânimos dos miseráveis.

Górgias estava pronto a executar as ordens.

IMPRESSÃO:

GRÁFICA EDITORA
Pallotti
IMAGEM DE QUALIDADE

Santa Maria - RS - Fone/Fax: (55) 3220.4500
www.pallotti.com.br